U0520592

做好今天该做的就够了

曦文 著

北京长江新世纪文化传媒有限公司
www.cjxinshiji.com
出品

别着急，每一朵花都有它的花期和香味，

别急于寻求答案，

其实我们存在，本来就是人生的全部意义与价值。

烟火照人间，举杯敬此年，
生活虽然普普通通，但要乐在其中，
岁月不声不响，却让人慌慌张张。

简 单 纯 粹

我喜欢纯粹的东西,我不喜欢酒里掺水。
我也这样对待我的生活。

那些美好而自由的日子

就是有热爱的事业，有知己好友，有为之努力而心安的归属，还有可爱的家人们。

当你越是担心自己，越向外寻找，也就越容易失望。拥有坚定的内核，才是最大的安全感！

什么时候开始都不晚

在这漫长而美好的一生里,
如果你真找到了想做的事,
那么无论何时决定再次开始,都不算晚。

序　做好今天该做的就够了　　　·01

CHAPTER

今天很好，我喜欢今天

余生短暂且漫长，今天我们好好过　　·002
放过自己，才是真正接纳自我　　·007
世界那么大，你要去看看　　·013
努力，是为了可以选择　　·016
努力奔跑，努力想要得到　　·019
比起得到认可，更想自在生活　　·024
认真地年轻，认真地老去　　·029

CHAPTER 02
原谅那个笨拙的自己

偶尔快乐,偶尔沮丧,同为灿烂人生　　·036
别被情绪包裹,去看看人间烟火　　·040
想要快乐,一定不能太关注别人　　·044
山有山的错落,我有我的平仄　　·048
五岁的孩子,救赎了我对原生家庭的执念　　·050
爱自己比爱世界更重要　　·055
还是要有心愿,小一点儿也没关系　　·061

CHAPTER

路上见识世界，途中看清自己

让生活好玩儿一些，轻盈一些　　·066

自省的孤独胜过一切鼓励　　·070

我们披荆斩棘，活得肆意　　·075

与父母和解，重新认识自己　　·079

女性的持续性：因为重要，所以强大　　·083

比起时间管理，我们更需要精力管理　　·090

如今的你，是当初自己喜欢的样子吗　　·096

我们仰望灯塔的时候，也会成为别人的灯塔　　·099

我们终将在各自的世界里学会告别　　·104

CHAPTER 04

希望日子安稳且充实,被喜欢的事情填满

给自己一点时间,允许一切发生　·110
做内心强大的女人　·114
世界很喧嚣,做自己就好　·117
人生的每一种选择,都是最好的安排　·121
追光的人,坦荡且明朗　·124
与原生家庭的和解之路　·128
照顾好自己,才是对父母最大的孝顺　·135
生活即旅行,总在不断出发和抵达　·141

CHAPTER 05

如果生活好一点，我就去看你了

被"红色玫瑰"带走的少年　　·148
永远心动，永远闪亮　　·152
我深爱我们一起相处的日子，胜过世间一切　　·158
爱以不同方式存在，并不是每种都放了糖　　·161
爱生活里的种种小悲伤、小欢喜、小意外　　·166
谁不想过好一生，谁又真的过好了一生　　·171
人生须有抵岸的力量　　·175

CHAPTER 06

前路浩浩荡荡，万事尽可期待

内心安定，人间值得　·180

做一个随性的人，处事淡然，遇事坦然　·185

我别无所求，只想被光浸透　·191

允许生活不止一种模式，喜欢便是最好　·195

如今最好，别说来日方长　·201

不要失望，生活是悲伤过后有朝阳　·206

你吃过的苦、走过的路，点燃了你的整个生命　·214

永远追求自由，并活得真实　·217

后记　生活抛出太多问题，我去路上寻求解答　·223

序

做好今天该做的就够了

"做好今天该做的"是我对生活的态度,也是经常挂在嘴边的,但好像没有真正意义上给它一个定义。借用这次机会,跟大家分享。"做好"这个词,是指从事的某种工作或活动都认真负责,而我对它的理解是"专注""享受""接纳"。"该做的"则是"内心""真心""用心",这句话的寓意是,用真心专注地做事,去真心地享受,用心地接纳,今天眼前发生的所有事。

昨天已经过去,不可能改变,也不必后悔,明天的、未来的不可预料,也不必焦虑。昨天和明天,过去和未来,我们都无法改变和把控,能做的只有眼前的每一个今天。

今天会变成昨天,明天自会有答案。我们好像总是怀疑和迷感，古语有言，未雨绸缪，又说，计划赶不上变化。如此一来，我们更加迷茫和焦虑。2020-2022这三年，我们共同经历了疫情，思维方式和生活都发生了翻天覆地的变化，我们也明白无法控制未来以什么形式到来，明天将会发生什么意外，又会迎来怎样的惊喜，一切可知的就是不可知。一如苏格拉底的那句名言："我唯一知道的就是我一无所知。"

这三年间，在变化之中发生着成长和迭代，我以及身边人都对生命、生活以及世界有了全新的认知和感受。故今借由文字跟大家一起分享。

文字里有关于青春时光的那些梦想的坚持与选择，爱情里的爱与被爱的故事；

关于人生的无常，特别是面对事业与感情的选择，坚持还是放弃、留下还是离开，常让人纠结不已；

面临在哪个城市工作、什么时候结婚、要不要生孩子的社会定义与自我选择；

成长路上的目标与灯塔，偶像与粉丝之间的双向奔赴，以及自我否定时、遇见黑暗时看见光而被照亮、救赎的故事。

当我们面对一地鸡毛的生活时，依然抱有选择的坚持、所爱的执着、等待的幸运，愿有缘遇见这些文字的你，能在这些不同的故事中，去看见、了解世界的不同，用平和的接纳方式继续快乐而自由地去渡过属于你的人生。

亲爱的你，无论此刻你过着什么样的生活，都祝愿你明天能够更好，更爱自己，更加健康。

与其一样，不如合适；与其更好，不如不同，生活里已经有很多人都一样了，追求类似的身材，相似的人生路径，差不多的人生，而你能找到合适自己的就很幸福，晚婚、不婚、买房与否，都是你的选择；成功、幸福与否，也不是别人定义的，自己喜欢就好。

唯愿你可以好好做你自己，全世界独一无二的自己。

从告别里获得的成长

人生就是不断告别的过程，告别那些陪伴很久的人，告别过去的身份和标签，告别过去的自己，我们也都会在告别里得到成长。

过去三年里，我告别了最爱的奶奶和曾经陪伴我十多年、救赎过我生命的闺密；有了新的身份标签，以未婚未孕的身份，陪伴侄儿海涛成长。

2022年，我用了一整年的时间调整生活作息和身体状况，关注内心，读了很多关于哲学、经济学、心理学、传统文化的书，也认识了很多有趣的灵魂。

本书中故事的主人公们也经历着各种不同的变化。

那个"坏女孩"佳欣在收获幸福之后，又离开了这个世界，以自己想要的方式告别了这个她生活了38年的世界；那个在经历了母亲生病之后的男孩，放弃了对抗现实，找了个合适的女孩结婚，今年还做了爸爸，之后我们默契地没有提及那段他与世界对抗的时光；那个怕黑的姑娘依然怕黑，但学会了如何跟自己相处；那个被出轨的丫头，依然相信爱情，也遇见了属于她的另一半；那个经历了3次婚姻的"公主"，在关系里找到了自己的使命，开始专注自己的事业；那个和我没有血缘关系，但最了解我的异性朋友，回到了跟自己最适配的灵魂身边，我们还是名义上的情侣和外人眼里的最佳伴侣。

照顾五岁的侄儿海涛时，我用尽全力想要帮他构建安全感，让他把我的家当成他自己的家，让他拥有被爱的感觉，而他却跟我说："我未来会有属于自己的家。"那一刻，我的心灵突然被狠狠戳到了，同时也有种释怀和被救赎的感觉。在那段时间里，我不仅更加明白了生命的意义，也走出了原生家庭与生长环境的禁锢，救赎了我抑郁的情绪和没有安全感的情结。

我们的原生家庭只是我们来到这个世界的起点，之后的成长环境，是支撑我们蜕变的力量，最终，我们都会在各自的境遇里看见自己，找到自己，成为自己。

我们要做的不是依靠原生家庭去弥补或者找寻自己在世界里的角色，而是借由原生家庭让我们看见生活不一样的侧面。

每个人都需要去自己构建世界。我们终会拥有"自己的家"，一个由自己打造、属于自己内心、可以用来安放灵魂的"家"。

在前28年里，我一直将所有的不安和境遇都归于原生家庭，但在侄儿海涛说出"我未来会有属于自己的家"的那一刻，我突然被治愈了。

摆脱一个没有安全感的讨好型、付出型人格，变得越来越有力量、越来越自信。

内心缺乏安全感的人是什么样的呢？

他们会怀疑这个世界，不相信美好会与自己产生关系，对一切待自己好的人抱有质疑，不愿意信任他人，很难对外界事物产生兴趣，对世界缺乏好奇心。

追其源头，不过是严重缺乏自信的人，无法用自身的成长和创造力带给自己快乐。

没有安全感的人，即使把全世界都给他，他仍然不会有安全感，既患得也患失，得到的越多，产生的恐惧越大。

安全感是一种对自己内心自信感的确认，绝对的安全感源自自己对自我的认可，从别人那里得来的安全感，如水中花镜中月，最终都会幻灭。安全感从来无法外求，它是我们内心世界的笃定与坦荡。

一直很喜欢李嘉诚先生说的："真正的安全感，来自你对自己的信心，是你每个阶段性目标的实现。而真正的归属感，在于你的内心深处对自己命运的把控，因为你最大的对手永远都是自己。"

安全感自己给自己，有三层意思：第一，自己可以养活自己；第二，自己可以面对自己的孤独；第三，自己可以给自己带来快乐。

每一个来到世界的你，都是独一无二的人间使者，应沉浸式享受仅有一次的人生体验。在面临人生中一些选择时，"选择什么专业？去哪个城市发展？要不要离开不对的人？"等，只须听从内心的指引，不要过多在意外界的声音，不要害怕质疑，能活成别人的谈资也是一种本事。

任何时候，我们都必须先照顾好自己，才能去照顾别人。我们必须先爱自己，百分之一百的爱自己，只有这样，走近我们的每一个人，才会效仿我们爱自己的方式来对待我们。这不叫自私，这是人性。在这之前，我们必须有面对错的事、错的人的勇气，和它们告别，接受它们带来的一些"阵痛"。

《做好今天该做的就够了》，以原生家庭、生长环境、成长境遇、看世界的角度、与自己的关系等为主题，讲述那些日常生活中关于自我的真实、情绪的变化、事业的选择、感情的纠结、家人的羁绊、血缘的连接、爱人之间的冲突，以及跟世界对抗又和解的故事。愿你能够在故事里看见自己，照见过去和未来。

虽然现实世界有太多统一的审美、统一的认知、统一的标准，但我们不能要求所有人都跟我们一样，也要接受和允许其他人的不一样。

短视频里，到处都是身材好、长得好看、有才华、有钱的人，但请你不要因此而焦虑不安、妄自菲薄。不是所有人都必须跟其他人一样，一定有人喜欢胖子、喜欢长得相对平庸的人。你或许很平凡、很普通，但你就是全世界独一无二的呀。

在法律和道德允许的范围之内，只要对他人无毒无害，就可以去做任何你想做的事情，过任何你喜欢的生活，不要在意外界的眼光与评价。

这个世界没有任何人的爱能够让你放弃好好爱自己。接受一切自己未曾拥有和理解的生活，并允许它的存在。学会跟你未曾理解的一切共存，与之保持一份敬畏就好。

如同《半山文集》里说的："你不必去理解每一个人，去理解每一类人；不必去理解每一件事，每一种存在，但一定要去理解人类存在的多样性、人格的多样性、万物轮回秩序的多样性，去承认并接受这样的多样性。"

理解和接受人的多样性、存在的多样性，不是为了用来理解别人，而是为了来理解不能接纳某一种人和某些事物存在的自己。运用"多样性"的真理来调整自己的负面情绪，就能摆脱它们对自己的负面影响。

世界很大，每个人的成长环境、国籍甚至宗教信仰也不同，所以别人的不理解、不认同、不喜欢，都是常态。如果所有人都一模一样，那我们的生活多么无趣。

世界很小，小到世界其实只有我们自己。来时自己来，去时自己走。

这世界已经有很多人过着一样的人生了，在这只有一次的人生中，我们不妨尽情选择自己喜欢的，好好体验属于自己的生活美好。

在商业里有一个词叫"错位竞争"，其意思是，你不要去跟别人比长处，而是要找到自己的优点，去做那个更好的自己。

同龄人、身边人都有好工作，都在结婚、买房时，你不必焦虑是否会落后别人，你只需要在自己的时区里做那个最好的自己就够了。即使你没那么好也没关系，你的存在本身就已经是莫大的幸运和美好了。

人生是一场属于每个人独一无二的体验游戏。如果说年轻时的一蹴而成是机遇、幸运，那大器晚成就是一种更大的智慧与能力。只要掌握好属于自己的人生节奏，就会获得更加有意义的人生。

我们借由看见世界、感受生活，而了解自己，走进自己，找到自己，成为自己。

总有一天，你会静下心来，像个局外人一样回忆自己的故事，然后笑着摇摇头，感叹浮生不过梦一场。这个世界没有不带伤的人，无论什么时候，你都要相信，真正可以治愈你的，只有自己。

不去抱怨，不怕孤单，努力沉淀。世间皆苦，唯有自渡。

人生很多痛苦其实都是自找的，能够打败我们的不是经历，也不是情绪，而是无法控制的想象力，和对一切已经发生的事情的遗憾、后悔，以及对未知的焦虑、纠结。摆脱这种情况的最好方法就是，让一切顺其自然地发生，做好今天应该做的就够了。

我们拼搏一生，带不走一砖一瓦；我们执着一世，带不走一丝爱恨情仇。人生苦短，时光匆匆，去爱想爱的人，吃想吃的饭，看想看的风景，做想做的事，过想过的生活。

人生本来就是做减法的过程，来日并不方长，当你尝尽了人间之味，回眸之时，便能发现，人生就是如此，得失成败、爱恨情仇，来来去去终究只是一场体验。带不走，留不下，也无法复刻。时间扑面而来，我们经历的痛苦都将释怀，我们憧憬的幸福也只是片刻。过去亦不可追，未来还未可得，唯有过好今天就够了。

在千万个选择里，勇敢选择去做那些你认为值得的事，虽然结果可能不尽如人意，但只要你为之努力过、体验过，就已经是当下最好的选择。

愿你：在这仅有的一场人生里，去找到自己、做自己、爱自己，去做你喜欢的人，去爱你喜欢的人，只要你坚定选择，不遗憾和后悔，在专属于你的人生场里，你就是最棒的主角。

如果觉得生活不易、前路艰难，就不要过分关注外界的声音，用心做好今天的每件事，然后接受和允许所有事的发生。

保持与世界和而不同的幸福感。别遗憾过去，也别焦虑未来。做好今天该做的就够了，你的今天一定会比昨天更丰富，比明天更有爱。

CHAPTER 01

今天很好,我喜欢今天

余生短暂且漫长,今天我们好好过

我们生活在功利的世界里,身边每天都充斥着不同的声音、不同的价值观、不同的评价、不同的争议和质疑,甚至还有谩骂、诋毁,尤其当你准备开始做一件事情,启动一个计划时,你身边一定会有或支持,或反对的声音。

这些声音很大程度上会影响到事情的结果,无论是选择坚持还是放弃、继续还是停下,无论做什么样的决定,其实都是一种经历和一段体验。

无论如何选择,由衷地希望,在漫漫人生路上,不要太执着于在芸芸众生中求同。大千世界,不同才是常态。所以,我们大可不必去要求自己跟别人一样过相同的人生,体验类似的生活。

现实中，大多数人都过着按部就班的生活。9 年义务教育，高中 3 年，大学 4 年，毕业后找个不错的工作，然后买房，结婚，10 年之后，人生就会安稳下来，再过 15 年、20 年，人生轨迹就会定型，直到过完这一生。

这种感觉，就像是把人生简单而粗暴地划分成了无数个刻度，似乎只要听从和照做，就能过好这一生。

可另一方面，它也裹挟着我们，让我们不敢晚走一步或者走错一步。否则，我们就会听到这样的话：

"事业编才靠谱，创业的人都傻。"

"35 岁之前人生什么样，这辈子估计就这样了。"

"30 岁之前一定要结婚，要不然就嫁不出去了。"

……

在人生这条路上，很多人好像被圈死在一个个方格里，不敢有太多期待，也不敢走得太远，更没有余地往后退。

也许正因为这样，我们才会在午夜时叩问自己的内心：难道这一生，只能有这一种活法吗？

以上那些固定的生活轨迹，若你接受得坦然、欣喜，也大可不必纠结、挣扎，因为每个人都有自己要走的路。无论哪条路，都没有是非对错、好坏之分。

在我的生活里，还有很多人的情况是这样的：

有的人 21 岁毕业，到 27 岁才找到工作；有的人 25 岁才毕业，却马上就找到了工作。

有的人没上过大学，却在 18 岁就找到了自己热爱的事业（比如我）。

有的人一毕业就找到好工作，赚很多钱，却过得不开心。

有的人选择在努力奔跑之后急流勇退停下来，去寻找自我。

有的人 16 岁就清楚地知道自己要什么，但却在 26 岁时改变了想法。

有的人有了孩子，却还是单身；有的人结了婚，却等了 10 年才生孩子。

有的人身处一段感情，却爱着别人；有的人明明相爱，却没有在一起。

我想说的是，我们人生当中的每一件事情，做的每一个选择，都取决于自己的内心。也许你身边的一些朋友遥遥领先于你，有些朋友落后于你，请你不必惊慌，也不必自傲，因为凡事都有自己的节奏。他们有他们的节奏，你有你自己的节奏，别急于寻找人生的答案，耐心地等一朵花开。有时候，我们存在本身就是人生全部的意义与价值。

无论快慢，一切都是最好的安排。就好像，14岁做民工的王宝强；20世纪90年代被人说是大骗子的马云；1974年被大家笑话的洗车工周润发；在校篮球队落选，被体育老师看不起的乔丹；被拒绝1000多次才当上演员的史泰龙；被拒绝了12次之后的J.K.罗琳……

我们常常感叹世界运转得太快，快到我们还来不及反应，就已经被其他人抛到了身后。而我们又太过渴望成功，难免会被其他人影响。我们习惯了比较，习惯用自己的短处对比别人的长处，习惯了仰望别人，却不曾低下头看看自己所在的地方。

我们终究会发现，自己永远无法赢过所有人，比较再多，只会徒增烦恼。总有人会胜过你，也总有人会逊色于你。

所以，25岁拿到文凭，依然值得骄傲。只要过得快乐、幸福，即使30岁没有结婚也没关系，40岁不买房也没什么丢脸的。

人生就像是一个表盘，每个人都有自己的人生时区和出场顺序。只要在对的时间遇到对的人，那些难过、失落和沮丧，得到和失去，都是过眼云烟。

人生没有白走的路，可能我们这一秒距离实现梦想还很遥远，下一秒就会迎来春暖花开。因为你现在走的每一步，都比前一步更接近终点。

我们无法预知属于自己的时刻何时到来，但因为知道它终会到来，所以每一天都活得充满期待。

每个人都有属于自己的时区，我们不用嫉妒那些走在你前面的人，也不要嘲笑那些走在你后面的人，因为每个人在自己的时区按自己的节奏前行。

人生从来没有真正完美的样子，只有你自己走过的路。

别怕孤单一人，属于你的终将到来；别怕平凡普通，平淡生活已然是成功；别怕前方道阻且长，余生的路，你只管慢慢来。

爱因斯坦曾经说："并不是每一件算得出来的事，都有意义；也不是每一件有意义的事，都能够被算出来。"

我们每个人都有属于自己的节奏，别让任何人打乱你人生的节奏，你就能拥有把控人生的能力和掌控生活的勇气。更不要着急，因为最好的总会在最不经意的时候来到。

来日并不方长，当你尝尽了人间之苦，回眸之时，便会发现人生不过如此。得失成败，爱恨情仇，终究是过眼云烟。过去之事不可追，未来之事还未发生，唯有过好今天就够了。

放过自己,才是真正接纳自我

我们所经历和体验的一切,都是为了让自己拥有更加稳定的内核。这个内核包括关系当中的爱与被爱,工作上的专注与专业,生活里的松弛和快乐,以及对于内在的笃定与解析。

这三年,有人迷茫无助,有人纠结困扰,也有人快速成长,还有人病入膏肓……

因为工作的原因,我遇见了很多人,听过了很多故事,也经历过无数感动的瞬间,读懂了一些人。很多人都说被我的文字和声音治愈过,但与其说我在用文字和声音治愈别人,不如说我一直在被大家治愈,进而再去治愈更多的人。

生活中,我们经常会陷入负面情绪中,以至于没有办法去体会多数人觉得很快乐的事情。所以我们要更多地去理解自己的情绪，然后接受它，跟它相处。

在这个无数人伪装强大的时代，只有极少数人会坦然承认自己的弱小，承认自己是个病人。我们太需要外界的认可，所以必须要求自己伪装强大，营造出幸福的家庭、美好的爱情、成功的事业，好像比其他人过得好才是人生赢家，好像承认自己其实没有那么好、没有那么光鲜亮丽是一件可耻和不被允许的事情。

而现实是，我们的生活中没有那么多一蹴而就的事情，那些我们以为的平步青云、一帆风顺、光鲜亮丽的人，更多是他们涅槃重生后的光亮面。

这三年，有些人找我聊天，会第一时间告诉我："曦文，我病了，我抑郁了。"

我无比理解，其实我们每个人都或多或少有些心理疾病，情绪问题更是常见，但可以真正认识和承认这一点的人却不多。生活本来就不会一帆风顺，撕开生活本来的面目后，会发现每个人的内心深处，都是千疮百孔。

电视剧《安家》中，房似锦说："每条光鲜的裙子背后，都有一个不经意被钩破的洞。"

成年人的生活，每个人都在负重前行。

成年人的崩溃不是突然爆发的，而是日积月累的必然结果。一次在别人看来微不足道的挫折，也许就是压垮我们心理防线的最后一根稻草。

成年人的崩溃，都是默不作声的，看起来很正常，会说笑，会打闹，会社交。

就像电影《海边的曼彻斯特》里有一句话："有时关不上冰箱的门，脚趾撞到了桌脚，临出门找不到想要的东西，突然忍不住掉泪。你觉得小题大做，只有我自己知道为什么。"

有些难过，在旁人看来无关痛痒，只有自己知道有多心酸。

在知乎上看过一句话："挫折会来，也会过去，热泪会流下，也会收起。没有什么可以让我气馁的，因为，我有着长长的一生。"

我们要坦然地面对负面情绪，学会自我调节。因为擦干眼泪后，我们仍要继续前行。

有时候，承认自己弱小、无助是为了明天能够更好地前行，承认病了，是为了细胞更新之后的重生。

法国小说家莫泊桑说："人的脆弱和坚强都超乎自己的想象。"

是啊，生活就是苦乐参半，痛并快乐着。想要过好生活，就必须要有直面困苦的勇气、从容处之的心态、生命的本真和善意。我们自己就是发光体，被别人的光芒照亮的同时，也照亮着其他人。

不知道，现在的你是不是处于一个离晋升、涨薪遥遥无期的时期。站在理想和现实的分岔路口，左顾右盼，不知道往哪走。如果你现在感觉迷茫、不知所措，我想告诉你：恭喜你，有迷茫真好。

因为现在的你，已经在人生的谷底了，就像皮球被拍落到地面一般，接着迎来的只有反弹的可能。所以，当你感到迷茫的时候，请一定要好好珍惜这份迷茫，并且擦亮眼睛镇定心态对自己说：我已经在谷底了，往哪都是向上。

那我们如何做才可以反弹呢？

首先我们要放下心态的包袱。

当我们不再盲目地羡慕别人，不再活在他人的阴影下，专注提升自己，我们会发现，日子没有那么难熬，自己的故事也别样精彩。

其次我们要保持谦卑，不断学习。

即使我们手中拥有一副好牌，也得跳出圈层，突破以往的认知，去识别我们之前感知不到的机会。这样到了适当的时机，可以让身在谷底的我们，拥有更多重新出发的可能。

人生如戏，戏如人生，有泪也有惊喜。即使跌得头破血流，也会有突如其来的惊喜。

在所谓的"人世间"摸爬滚打至今，我一直视为座右铭的一句话是——一切都会过去的。对每个人来说，理想滚烫，青春如火，人生值得，无论我们遇见什么，都只是我们人生历程中的一部分，都会过去。

莫泊桑在小说《人生》中写道："生活永远不可能像你想象得那么好，但也不会像你想象得那么糟。无论是好的还是糟的时候，都需要坚强。"不管深夜经历了怎样的崩溃，一觉醒来，我们又是一个崭新的自己。

世界很喧嚣，我们都只想做自己。近几年，很多人都在做心理重建，开始变得越来越圆融和随性。

我们不会再透支时间和生命去强迫自己接受不喜欢的事物。追求适合，而不盲目追求高级。绝不花钱去附和趋同的东西，大家都追赶的，我们反而没兴趣，十几块钱的衣服穿在身上，自信也不会掉队。我们在经历和体验世情过后，越来越了解和认识自己，内核更稳定了。

今年老友相聚，把酒言欢时，我总会说我在备孕，于是很多朋友都问我男朋友在哪里，我回答："不一定要有男朋友才开始备孕。"之后又被问是不是不婚主义。

我不是不婚主义，甚至期待婚姻生活，仍然相信爱情，但"相信"和"我是否必须要有"是两件事,当一个"纯爱"战士,看看别人戳心窝的瞬间也很快乐。

走到现在而立的我们,比起谈恋爱,或许更想先踏踏实实地搞钱,实现属于自己的价值,不只是为了找到一个可以漂洋过海来看自己的人。

相比以前,我们更加关注自己的情绪,比起生活的一地鸡毛,情绪的七零八碎更容易让我们患得患失,宁可很多次在深夜"emo",失眠到凌晨,告诉全世界我不快乐,也不想假装没事,积郁成疾。

越是在黑暗中,我们越是要择善而行,更不要忽略我们生命中那些微小的善意和温暖。积小善成大赢,你的善良里,藏着你的福气。做人,心存善念者,必会好运连连,鸿福相伴,这个世界也会因的善意而变得越来越美好。

世界那么大,你要去看看

无论人生上到哪一层台阶,阶下都有人在仰望你,阶上亦有人在俯视你。抬头自卑,低头自得,唯有平视,才能看见真正的自己。

作为女孩,千万不要精神贫瘠,执着于被爱,过于渴望被认可。当你看过世界之后,很多时候就不会再有过多的纠结和执念了。

女孩强大的标志是什么?

有脾气,但不乱发脾气;有情绪,但不情绪化;有主见,但很少反驳别人的话;会管理时间,但不浪费在无效社交上;会妥协,不露不必要的锋芒;会挣钱,会花钱,会扔东西;有兴趣爱好,也有专业能力;不拖延,不迷恋,不抱怨;懂得一见钟情是爱情，来日方长也是爱情。

女孩们，我们要尽可能去看更大的世界，这样会对我们的人生轨迹产生很多有益的影响。只有将认知扩大，我们才不会被狭隘的生活圈子所拖累，不会陷入"我养你"的泥潭。

多去一些地方，了解那里的风土人情，看看世界各地的人们是怎样生活的，你会发现你平时忧心的事儿，实在太不值得一提了。

如果你每天浑噩地活着，活在琐碎的庸常里，今天担心另一半有没有撩拨别的异性，明天争论另一半是不是不在乎你。盲目地在自己的小天地里打转，越来越易燃易爆、歇斯底里。

但当你见过世界，学习了更多的知识，扩充了认知之后，你会在充实中发现：从前觉得非常在意、重要的人和事，不过如此。

女性一生要经历的三种状态：

1. 小女孩阶段：经常指责自己，胸无大志，情绪易波动，不知道自己未来在哪里。

2. 不成熟的状态：有目标，但追求感觉。感觉好就做，不好就不做。很多事情在心里想不通，想通了再去做。

3. 成熟的人生：成熟跟年龄无关，跟思想、表达、志向有关系。成熟的人不以自我为中心，而是以目标为中心，不会在低谷中沉沦太久,永远积极、乐观、坦荡。

人生这么辽阔,别为眼前的迷障所困。有时间多看看世界,有精力多体验生活,有心力多用力折腾……

努力,是为了可以选择

　　选择用自己喜欢的方式过一生,成为自己喜欢的样子,这是一种态度和能力,更是一种幸运,你不必活成所有人喜欢和期待的样子。

　　我们每个人的人生都不尽相同,不同的生活环境、家庭教育、世界观、感情观等,让我们对待事物的看法和理解也不尽相同。

　　生活不是因为五彩缤纷而显得灿烂夺目,而是因为你喜欢而变得多姿多彩。生活不是一路风平浪静,顺风顺水,而是困境和逆境让生活显得更完整和美好。

　　很多人都有过这样的感觉,明明自己很努力、很认真地去对待一件事情或一个人,最终却得不到相应的回应,好像没有人能看到你的努力和付出，身边都是不理解、不接受，甚至是质疑、谩骂的声音。

天知道，你付出了多少努力和用心。

天知道，有多少个夜深人静的时刻，你独自一个人哭泣。

经历赋予你的纠结、难过、彷徨、无助，让你无数次想要放弃。可是擦干眼泪后，你还是重新扬帆起航。

如此骄傲、独立又让人心疼的你，在陌生的城市，在陌生的语言和天气里，一个人生病，一个人忍下所有委屈。在夜深人静的时候，你总会在心底反复问自己："现在过的生活是不是我想要的？"

有人说："人生的苦与乐是成正比的，不会苦一辈子，但总要苦一阵子。"我们生活在自己的小圈子里时，总会觉得自己很不容易。但如果我们有机会看到更多人的生活，就会发现，在这个多元的世界里，我们只是芸芸众生中的一个。

人生永远不变的，就是每天都在改变。

我们都渴望拥有一个更加成功、美好、完整的人生，但是什么是成功、美好、完整呢？

林清玄说："今天比昨天更慈悲、更智慧、更懂爱与包容，就是一种成功，如果每天都成功，连在一起就是一个成功的人生。

不管你是从哪里来,要去哪里,人生不过就是这样追求成为一个更好的、更具有精神和灵气的自己。"

自由,不是你想干什么就干什么,而是你不想干什么就不干什么。同时也为了随时能够拥有选择的权利和能力,朝着自己的目标踏踏实实地去努力。一步一步地向前,只有这样,你想要的,岁月才会给你。

愿我们所有的人都可以早日过上自己想要的生活,成为自己喜欢的模样,过自己想要的生活,选择自己所喜欢的一切,喜欢自己所选择的一切。

努力奔跑，努力想要得到

青春如晨光般肆意绚烂，又如晨夕般昙花一现、转瞬即逝。无论境遇如何，生活是命运为我们精心准备的一场旅行，注定精彩绝伦。努力为自己的梦想奔跑的我们，格外美丽。

我跟晓妮的缘分，源于我们拥有同一个闺密。大概是她从事教育行业多年，而后深耕美业，身上有着比我更淡然、冷静的气质，这一点非常吸引我。而且，我很认同她从事美业的信念——要改变美业从业者的行业地位和影响力。一路走来，她一直在为此奋斗着。

跟晓妮初见的情景，我现在依然记忆犹新。那天，我跟闺密一起去了她的公司，看着妆容精致、气质干练的她，不禁心生羡慕。而后，晓妮的父母的到来，让她一瞬间变成了温柔如水的小女子。她那明亮动人的双眸下，藏着大大的梦想和魅力，洁白的皮肤下有善良干净的灵魂，素色的服装下有一颗热情似火的心。

今年再见晓妮，虽然距上一次见面已经过了5年之久，但我们依然可以熟络地聊着生活和工作。这些年，我们虽然不是无话不谈，但却惺惺相惜。

青春最好的样子，就是努力追逐梦想的样子。而晓妮努力奔跑的样子是我见过最漂亮、最优雅的：美好，走路带着风，迎着晨光，踩着风火轮，踏着曲折小道，一路风雨无阻地奔跑。这样的姑娘，实在有太多太多让人欣赏和敬佩的地方。

但你千万不要以为，这样毫不费力的青春唾手可得。晓妮为梦想努力奔跑的过程中，吃过的苦，流过的泪，受过的委屈，熬过的夜，承受的心酸苦楚，恐怕只有她自己才知道。

我们生活中常遇到这种情况：

工作几年还是月光族，虽然知道自己的能力配不上野心，但还是给自己盲目地定下一堆完成不了的目标；

有了家庭、孩子，每个月只能苦等着微薄的工资，不敢生病，不敢辞职。虽然知道应该提升自己，找别的出路，可就是下不了改变的决心；

步入社会几年了，只长年纪不长见识，没有一项拿得出手的技能，虽然报了一堆课程，却总是半途而废……

是不是很扎心？

很多人明明心态积极，渴望进步和改变，可最后却仍选择继续做一条咸鱼。

也许有人会觉得：我现在这样挺好的，吃得饱穿得暖，无所谓是否有梦想和上进心。暂不评价这样的想法是否过于天真。很多时候，我们努力追逐梦想，拼命保持上进心，不只是为了让生活越过越好，还为了能够逃离现状的不满。

晓妮在学校期间就是学霸，一直保持着上进心和行动力。大学时，她不仅努力学习功课，还利用其他时间进行创业，用自己的努力证明了年轻人不仅可以不拼爹，还能打造一个属于自己的王国，活成自己的女王。

有朋友问她："你已经很优秀了，还那么拼干什么？"

她却云淡风轻地答道："生活是逆水行舟，不进则退，我只是不想被时代抛弃罢了。"

这就是"红桃皇后定律"——你必须拼命奔跑，才能保持留在原地；如果你想前进，必须以两倍的速度向前奔跑。

作家毛姆说:"我用尽了全力,过着平凡的一生。"

无论是想要生活变得更好,还是只想维持现状,都不应该放弃提升自己。因为生活就像战场,虽然残酷,但你努力的姿势一定会被记住。

没有哪种成功,是一蹴而就的。

想让自己增值,就必须早做准备。今天你偷一点懒,明天等着你的就只有"来不及"。

最可怕的不是没有上进心,而是一边想着要上进,一边荒废时间,最终只能恨自己不争气。

努力就是一剂中药,虽然苦但是治病;安逸就像蜜饯,虽然甜但是却致命。

很多时候,你不去努力一把,根本不知道自己的上限在哪里。与其每天浑浑噩噩地度日,不如逼自己一把,去开拓人生的可能性。与其在最好的年纪选择安逸,不如审时度势,努力让自己增值。

很多人只能看到成功者光鲜的表面,却从不探究他们为此付出过的努力。

都说人前显贵必定人后受罪,这句话对晓妮同样适用。这个世界上,从来就没有感同身受,有的只是如人饮水、冷暖自知的生活体验。

　　努力奔跑，努力想要得到，努力要赢，不是为了赚多少钱，不是为了拥有好看的奢侈品，不是为了住多好的房子，而是为了完成对自己的承诺和对生活的热爱。

比起得到认可,更想自在生活

生活每一天都在不停地变化和更替着,我们在变化和更替中成长、感悟人生。无论经历了什么,每一步都不会白走,它们终将会成为我们的勋章和最美的回忆。过好每一个今天,就是最好的成长。

成长,好像就意味着改变,这个世界永恒不变的就是万物都在改变,变化才是生活的常态。

独自在异乡奋斗的人,一定都有过不断搬家的经历。最近两年,因为工作关系,我经常搬家,在北京的7年里,我搬过12次家。或许是因为内心的那份不安全感,我对家有着极重的依赖和迷恋,即使工作再忙再累,我也会把家收拾得温馨、舒适。有朋友问我:

"为什么这么折腾？"我笑着回答："因为在外本就孤独的人，只能自己给自己找些乐趣和温暖。"

你有没有那种，在凌晨两点收到远在千里之外父母的短信问候的时刻？多少人即使强大到无法被外界损伤分毫，但在父母和家人眼里，他们依旧是个需要被疼爱和照顾的孩子。我经常会在深夜想起在千里之外的父母，然后强烈地感受到父母无私而深沉的爱。

我们的成长里，一定少不了对父母的那份深情和愧疚。也一定有很多人跟我一样，对于父母，除了感恩和感谢，更多的是愧疚。在外努力打拼的人，跟父母相处的时间少之又少，每次久离之后归家，父母家人也总是像我们对他们那样，报喜不报忧。

父母的爱，是支撑游子一直努力向上的原因和动力。有父母的爱，才足以保护和陪伴我们成长和强大。

这些年，由于工作的原因，我长期奔波于不同的城市。无论是否常住，在每一个城市都不会久留，以至于身边的朋友都以为我是一个对家没有概念的人。仔细回看这几年的时光，从家乡到北京，而后到孔孟之乡，再回到北京，又辗转至杭州，如今又回到北京。这两年的经历，让我早已练就一种无论处于何种境地，都拥有可以随时准备重新开始的能力。

有朋友问我："难道你不害怕那种每换一次城市生活的陌生感吗？尤其是还要再去熟悉所在城市的饮食、语言、文化，甚至天气。"

在我看来，我不是不需要适应陌生的语言和生活圈，而是早在之前的经历中学会了适应新环境。也并非不害怕陌生城市和环境带来的不安感，而是从很久以前我就学会了如何跟自己相处，没有谁可以一直陪伴我，也没有什么可以永恒不变。能够适应的尽量适应，不能适应的也不必迎合。

和很多人一样，我在前进的路途中也曾有过迷茫和无助，但因为我十分清楚自己要什么，所以在短暂停留之后，依然会带着敬畏坚定地向前走。

我们都是各自人生大戏的主角，不管跌宕起伏，还是平淡无奇，都要在人生的舞台上唱完这出戏。脚下的路还在继续，前方有太多的担当等着我们。成长或许就是：我们懂得无论如何，生活都在向前，也有必须要承担的责任和勇气。

成长是一首歌，旋律有高有低，歌词有悲有喜，只有经历过风雨，才能成就那最动听的乐章。在人生这部书里，我们每个人都在书写着各自不同的经历，书写着生命中的苦、乐、悲、喜。为了梦想，我们都必须苦苦地去构思；为了完美，就要字斟句酌地去修饰。就这样，在匆忙之中，我们来不及流连路上的醉人风景，来不及欣赏路上的花香鸟语，来不及体验一路上的柔情蜜意。

余下的人生如何度过，这是每个人都要面临的人生课题。有人说，后半生要发挥余热；有人说，后半生要老骥伏枥。而我要说，要放慢脚步，活好自己！这才是之后人生的唯一主题。就如作家三毛所说："我来不及认真地年轻，只能选择认真地老去。"

活好自己，就要力求一个"精"字。

人活一世，草木一秋。在这短暂的行程中，有的人活得很累，有的人活得很洒脱。累，是因为本该自由的心，被套上了枷锁；本该简单的事，附加的条件太多。

活好自己，更要力求一个"准"字。

选择好自己要走的路，走出自己的特色，走出自己的风采，走出自己的魅力。就像世界上没有一模一样的两片叶子，人生的道路也是各具特色。

活好自己，要力求一个"简"字。

很多人的烦恼都源自期望值太高，得到的却很少。我们要适应平淡的日子，习惯于围着柴米油盐转，满足于"三点一线"简单的生活方式，不要有太高的期望。人的修行就是删繁就简，把不切合实际的幻想统统删除，节省时间和空间，腾出心情和精力，爱自己应该爱的人，做自己喜欢做的事。

活好自己，要力求一个"稳"字。

余下的人生，我们要尽可能放缓脚步，走走停停。沿途遇到好的风景，那就停下来欣赏一番；遇到知心的朋友，那就"把酒话桑麻"。在这段人生中，我们不是赶路，而是旅行。旅行不必在乎目的地，在乎的是沿途的风景，以及看风景的心情。所以，我们要带上灵魂去旅行。

余生，愿我们都能放慢脚步，做好自己，用心过好今天。

认真地年轻，认真地老去

知乎上有这样的提问："工资不高，你为什么坚持在大城市漂着？"

有一个高赞回答是这样的：

"蜷缩在小地方，最让人绝望的一点是，你看不到未来的可能性。一旦进入特定轨道，一切就已注定，基本上只能按照设定的道路走向人生终点。所以那么多人宁可忍受艰苦也要来到北京，仅仅因为四个词：希望和梦想，自由与激情。"

梦想，是我们无论什么年纪、什么身份、什么种族，都可以拥有的最珍贵的东西。而无论身在大城市，还是小县城，梦想与你的距离，从来都不会因此而改变。

有人说:"北上广容不下肉身,三四线放不下灵魂。"

有人身处国内一线城市,拿着百万年薪,住着高档小区,开着百万豪车,需要长时间高强度的工作,全年无休,神经系统长时间处于高压状态,每一步都走得如履薄冰。

同样在一线城市,有人拿着七八千的月薪,住在杂乱的城中村,每天凌晨五点起床,单程通勤两三个小时才能到公司,可能努力工作一辈子,也不能在北京落户,但因为在这个城市可以随意做自己而选择留下来。因为有所期待,而甘之如饴。无论因为什么样的原因、处境而留在一线城市奋斗的人们,各自都拥有心中那一份对梦想的坚持和守护。

这一路走来,见证和陪伴过很多同在大城市打拼和奋斗的追梦人。很多人说,只有在一线城市,你谈梦想,拥有不同的生活态度和人生观,才不会被当成异类。因为这里接受和容纳了千万人的梦想,也包容着每一种生活的欲望以及不同的人生观。

2015年,我的一个朋友可欣,在北京打拼10年后,因为承受不了现实的压力,毅然选择回归家乡。

可欣刚毕业时,对未来特别有信心,她觉得有志者事竟成,一定能在北京活出自己的精彩。10年后,她却发现,即使每天加班加点,收入还是追不上房价。她意识到,就算再过10年,也不可能在北京安家置业。于是，回老家成了她当时的最优选择。最后，可欣拖着行李一步三回头地走了。

现在的她，时常对我抱怨："老家的同事、朋友们，每天跟我聊的是哪家超市大白菜便宜，哪家饭馆正在打特价，谁家的孩子学习成绩好，谁家的婆婆不讲理……生活里只有鸡毛蒜皮。真羡慕在北京的那些日子，有志气、有理想、有希望，永远是向上的姿态。真的有点后悔离开北京了。"

后悔归后悔，可欣知道，虽然北京这座城市可以滋养她的灵魂，但三线城市却更适合她安身立命。

有人也许会说，这种认怂的人一般不会有大出息。但是，我们得承认，妥协有时也是一种智慧。对于可欣而言，在北京拼搏的那些日子变成了美好的回忆。现在的她，已经没有重走那段人生路的勇气了。

很多在大城市努力的外地人，常常会陷入一种尴尬的境地：逃离不甘心，留下很闹心。于是有了："北上广容不下肉身，三四线放不下灵魂。"

究竟哪一种选择更好，仁者见仁，智者见智。我们来到人间这一遭，在芸芸众生里，我们能够怀揣着希望，体验着这仅有一次的人生，也是一种英雄主义。

我也是一个独自来到北京打拼的姑娘。我从小在家人的宠爱和照顾下度过了无忧无虑的童年,觉得一切美好都理所当然。之后到了离家不远的城市读书、工作,那时的自己好像天不怕,地不怕。后来从体制内辞职创业到现在,我一直很随心随性。

记得我刚到北京的时候,热闹的日子突然变得安静,很多原本拥有的东西成了夜里深深的思念。记得决定留在北京工作的那天,给爸妈打电话,通电话的时候我一滴眼泪都没掉,可那天夜里,我在出租屋里望着天花板,哭得稀里哗啦。我的内心感受到了从未有的迷茫和惶恐,不知道未来是什么模样,不知道在那么大的一座北京城里,小小的我何时才能找到归属。

在北京的日子,或许没有像之前在小地方那样轻松,甚至在外人看来或许很辛苦,全国各地到处出差,凌晨一个人拖着行李箱回家,在办公室睡觉的时间一度比在家还要多。但在北京的日子,让我更加坚定自己要成为什么样的人,也更加喜欢现在的自己。

经常有人问:"你后悔过一个人来到北京吗?为什么选择在离家远又没有任何人脉资源的北京创业?"

当初为什么来到北京?其实我个人没有那么多深刻的理由,只是那个阶段的我,想要逃离自己的舒适区,而北京刚好在我的舒适区以外。来到北京之后,我才真正了解,无数人选择留在北上广，很大程度是因为这些城市真的很自由、宽容。

更重要的是，在这里你可以自由决定自己的生活方式，不管结婚与否，从事什么行业，都可以被接纳。

无论生活在哪里，只要肯付出行动并为之努力，未来都会越来越好。

人生最糟糕的不是贫困，不是厄运，而是不知道想要什么，不知道如何选择。

无论做出什么样的选择，都值得理解和尊重，人生的价值和意义对于每个人本就不同，随心意不后悔就好。

在自己选择的跑道冲刺吧，即使很漫长，即使有阻碍，即使会跌倒。但是，坚定的信念会一直陪伴着我欢笑地、努力地、飞快地奔跑。即使非常辛苦，只要有坚持下去的勇气，再大的山、再阔的海都可以跨越。努力地奔跑，天空的那一边就不再遥远。

CHAPTER 02

原谅那个笨拙的自己

偶尔快乐，偶尔沮丧，同为灿烂人生

在这个快节奏的社会，我们常常被要求保持快乐，似乎任何负面情绪都是不被允许的。其实，我们不必假装快乐，因为我们每个人都拥有哭泣的权利。泪水是情感的表达，也是心灵的释放，它可以让我们更真实地面对自己。

2023年7月，全网都被歌手李玟去世的消息霸屏，网络上有很多声音，明明她看上去那么快乐，那么成功，那么热爱舞台和生活，为什么会突然离开这个有那么多粉丝和好多人爱着她的世界？

这个世界最大的善意，莫过于未曾受过轻视的评价和斥责。因为我们都无法了解，那些看似快乐、生活幸福、衣食无忧、生活在光明里的人，一旦内心有了缺口，甚至比从未看见过希望的人更加绝望。

因为李玟的事情，很多人开始关注阳光型抑郁症的群体，也警醒我们开始关注身边那些明明看上去很快乐的人，或许他们并不快乐，他们也需要被温暖，也需要情绪宣泄的出口。

对于李玟的选择，我其实没有太多的惊讶，这大概与我这些年的亲身经历有关。我明白人生的无常，越被爱，站得越高，拥有越多，内心越痛苦、无助和煎熬。

佳欣在离开这个世界时，她最后在给我们的遗言里写道："我生来无依无靠，为争一口气，挣扎半生，爱过，也恨过，酸甜苦辣各种滋味悉数尝过，没有遗憾不曾后悔，从此以后爱恨随风。最后我想安静地走，归于大海是我最后的归属。"

对于她的请求我一点儿都不意外，对于如此渴望自由和解脱的她来说，归于大海是最好的归宿。我在佳欣走后，也签署了器官捐献书，即使有一天我从物理维度离开了这个世界，生物维度的我，依然存在。

我身边几乎所有的公众人物朋友或者从事相关工作的人，或多或少都有情绪方面的问题。所以，你别觉得不好意思，难过、纠结、不安、怀疑、恐惧，都只是一种正常而又自然的情绪而已，要允许并接纳它。

大多数人都认为，快乐是生活的唯一目标，但我们忽略了情感的多样性。生活中充满了起伏和挑战，在这些过程中，我们被悲伤、愤怒、焦虑等情绪裹挟着。但这些情绪并不是我们的弱点，而是我们内心的力量。当我们不再抑制这些情感，而是勇敢地面对它们时，我们才能真正成长和变得更强大。

哭泣是我们情感的一种表达方式。当我们感到悲伤时，泪水会流淌下来，它是我们内心深处的诗篇，是我们情感的真实写照。哭泣并不意味着我们软弱或无助，相反，它是我们坚韧和勇气的象征。当我们勇敢地面对自己的情感时，我们才能真正理解自己，并找到解决问题的方法。

然而，社会常常对情感表达持有偏见。我们被告知要坚强，不要流泪，因为这被视为软弱的象征。但这种观念是错误的，它使我们无法真实地面对自己。我们应该鼓励彼此释放情感，让内心的负面情绪得到宣泄。

哭泣并不意味着我们放弃了追求快乐的权利。相反，它是我们寻求内心平衡的一种方式。当我们承认并接纳自己的情感时，我们才能真正体验到快乐的力量。快乐并不是简单的表面情绪，而是一种内心的满足和平静。只有当我们真实地面对自己的情感时，我们才能找到真正的快乐。

在这个追求快乐的世界中，我们需要给自己一些喘息的空间。不要害怕流泪，因为泪水是我们情感的一部分。无论是喜悦还是悲伤，我们都应该珍视情感的多样性。不必假装快乐，因为我们每个人都有权利哭泣，甚至破碎也是情理之中。事实上，无论是感情上的破碎，还是精神上的破碎，抑或是人生的支离破碎，都是每个人必须要经历的人生过程。

这世上没有一个人没有破碎过，也正是因为有这样的经历，才让人懂得什么才是完整而有趣的人生，以及如何让自己逐渐变得越来越独立，变得完整和有趣。

"破碎"是每个人都会经历的，也是最实实在在的东西，所以当你正在经历破碎，无论是感情、精神还是人生，都不用焦虑和不安，反而应该庆幸，因为只有等自己真正经历和看见了，触摸到了，意识到了，才懂得了"破碎"的另一面，去完整，去完成。

当这些破碎的过程都经历完成之后，人生将会有一个新的阶段和新的乐趣。

让我们坦然面对自己的情感，释放内心的压力，这样我们才能更好地理解自己和他人，才能真正体验到生活的美好。让我们一起拥抱泪水，释放情感的力量，勇敢地面对自己，成为真正完整的自己。

别被情绪包裹，去看看人间烟火

世界很大，人很多，但你必须学会一个人独处。一个人吃饭，一个人睡觉，一个人生病，一个人去看晚场的电影，这才是生活的常态，只有这样才可以让你拥有独自面对无常的勇气和解决问题的能力。

对我来说，我习惯独居，习惯一个人去做很多的事情，习惯尽量不麻烦别人，习惯一个人搬家，一个人看电影，一个人吃饭，一个人去医院。虽然有时候不免会有孤独、无助的感觉，但习惯之后，我开始享受一个人生活，开始独自去寻找生活当中的乐趣。

生活中，我们时常面临挫折、压力和困惑。这些情绪会像暴风雨一样席卷我们的内心，让我们迷失方向。然而，只有当我们真实地面对这些情绪，并接受它们的存在，我们才能够逐渐掌握自己的内心。

诚实地面对情绪，意味着我们要勇敢地直面自己的内心世界，不再逃避或掩饰。这样的勇气将让我们更加真实、坦诚地与自己相处，也能够更好地与他人建立起真诚的关系。

在面对情绪时，我们需要学会倾听自己的内心声音。每个人都有自己独特的感受和情绪，而这些情绪正是我们内心的一种表达。

当我们静下心来，倾听内心的声音，我们将更好地理解自己的需求和欲望。这种自我倾听的过程，不仅让我们更加了解自己，也能够帮助我们更好地调整自己的思维和行为，从而更好地面对生活的挑战。

有时候，我们会把情绪深埋内心，不敢或不愿意与他人分享。然而，情绪的积压只会让我们的内心更加沉重。因此，我们需要勇敢地表达自己的情感，与他人分享自己的困惑和喜悦。这样的表达不仅能够减轻内心的负担，还能够获得他人的理解和支持，让我们更加坚定地走向自己的目标。

面对情绪时，我们不能忽视积极的自我调节。生活中，我们会遇到许多令人沮丧和愤怒的事情，但我们可以选择用积极的态度去面对。积极的自我调节意味着我们要学会控制自己的情绪，不让消极的情绪主导我们的生活。我们可以通过运动、音乐、阅读等方式，来缓解压力，调整情绪。这样的积极调节将帮助我们更好地应对生活中的挑战，保持内心的平衡和快乐。

在很长一段时间内，我遇事只会死扛，不会示弱，不懂如何去表达自己真实的情绪，甚至有时候，可以伪装到连自己都以为是真的没事，真的很好。

后来我才明白，面对那些恐惧、颓废、沮丧、消沉情绪的时候，没有必要将自己武装得刀枪不入。它们是我们在成长过程中必须面对的，我们最正确的做法就是：接受。只有接受自己软弱、负面的情绪，才是一个完整的人。

所以，当你发现生活中出现一些你不能改变的事情时，优雅一点，去面对、去接受。当你不能前进的时候，停下来，去思考、去解决。无论外界如何变幻，我们都有能力掌握自己的情绪和生活。诚实地面对情绪，学会倾听内心的声音，勇敢地表达自己的情感，以及积极地自我调节，这些都是我们成就自我的关键。

我非常认同梁启超先生对自己的定位："我是一个纯粹的趣味主义者，如果这一世我们不能够活得那么成功，不能够活得那么有意义，不能活得无拘无束、自由的话，有一件事情，没有人能够拦得住我们,至少,我们不要做一个无趣的人。活得有趣味是一个多么幸福的事情,别忘记它,别丢掉它。"

愿你我都能活得纯粹,同时对这个可爱、有趣的世界保持表达欲。对自己诚实,开心时大笑,难过时大哭。

想要快乐，一定不能太关注别人

查尔斯·狄更斯的《双城记》里写："这是一个最好的时代，也是一个最坏的时代；这是一个智慧的年代，这是一个愚蠢的年代；这是一个信任的时期，这是一个怀疑的时期。

这是一个光明的季节，这是一个黑暗的季节；这是希望之春，这是失望之冬；人们面前应有尽有，人们面前一无所有；人们正踏上天堂之路，人们正走向地狱之门。"

随着互联网的发展，我们的生活充满了忙碌和杂乱，非常容易被外界的目光束缚，被手机绑架，最后丢失原本的专注和自我。

你有没有经常说或者听到："我不喜欢谁谁谁，你喜欢谁谁谁吗？""不喜欢这个东西，不喜欢这件事情。"喜欢和不喜欢，好像已经成了我们衡量一个人的标准。

儿时，因为喜欢而选择玩伴。少年时，因为喜欢而选择专业。成年后，因为喜欢而选择事业和爱情。选择跟合得来的人接触、做朋友，合作伙伴、客户、朋友，都要自己喜欢。

但我们的生活是自己喜欢的吗？我们做着喜欢的工作吗？所交往的朋友真的让我们舒服吗？所娶、所嫁的另一半是真爱吗？

经常被人问："我要怎么样才能让更多人喜欢我？""我要怎么样才可以得到更多人认可？""我要怎么做才可以更讨喜？"

对于这样的问题，我通常这样回答："你觉得自己跟人民币比谁更有优势？连人民币都有人不喜欢，视金钱为粪土、为身外之物，何况你是人。全世界有那么多人，要是人人都喜欢和认可你，你得多么'普通'。"

我们一生会遇到无数人，人人都喜欢你，那是不可能的。我一直觉得，活得自如，不妥协，不虚荣，做好自己，不给别人带来烦恼，就已经很好了。

关于讨喜这个话题，我一直坚信，人生是自己的，不需要在意别人说什么，怎么看。在不影响别人的情况下，做自己就好。

我们终其一生只跟自己的躯体、心灵、灵魂相伴终生，只要不亏待自己的身躯，不违背自己的心灵，不辜负自己的灵魂，足以。

我始终认为，我们看别人不顺眼，不喜欢别人的地方，也是我们内心缺失的部分。人性的弱点，总是会对不合自己心意，或者比自己强大的人、事、物，嗤之以鼻。我们看不惯、得不到的，都是我们缺少或向往的。

而那些遇见的人带来的感动和温暖，看见的风景给予的能量和智慧，所够感知到的一切，都来自你的内心深处 。它本来就属于你，只是在不同的时间节点用不同的方式来到你身边，出现在你的生命里。

你所看见的世界便是你与他人的关系，世界并非脱离你我而存在。所谓的世界、社会，便是我们彼此间所建立起来的关系。

所以你所看见的世界的样子，都只是我们自身的投射物，想要了解世界，我们就必须先要了解自己。我们就是世界，我们的问题是世界的问题。所以安顿好内心，让自己完整就已经是为社会和世界做贡献了。

以慈悲之心看世界，谁还能左右我们的情绪和心境？看待世界的方式，是我们的修养，而对其他人的态度，取决于我们的智慧和善良。

当然，你我都无法掌控他人的世界，左右他人的思想，所以被误解、被定义、被质疑都是常态。能活成别人的谈资也是一种本事和实力。任何时候，我们必须先照顾好自己，才能去爱别人，必须先爱自己，才会让走进我们生命里的每一个人，都效仿我们爱自己的方式来对待我们。在这之前我们必须有勇气，去面对错的事和人，和他们告别，接受这些阵痛。

　　总有一天，你会像一个局外人一样，回首自己的故事，然后笑着摇头、感叹——浮生不过梦一场。这个世界没有不带伤的人，无论什么时候都要相信，真正治愈你的，只有你自己而已。

　　不去抱怨，不怕孤单，人生的很多痛苦都是自找的。打败我们的不是经历本身，不是情绪，而是无法控制的想象力，是对一切发生过的事情的遗憾和后悔，以及未知的焦虑、纠结。

　　人生不必太在意那些不重要的人和事情，不必执着和在意其他人对你的评价，做好你自己，把握当下的美好，快乐地度过每一天，做一个有趣而善良的人。让一切顺其自然地发生，做好自己该做的就够了。

山有山的错落，我有我的平仄

每一个时代都有它不同阶段主流的价值观和生活方式，不同阶段我们所处的生活圈属性也不同。前一代人看后一代人时，永远抱着不解和质疑。"80后"的人，觉得"90后"是任性、自负的；"90后"的人看"00后"，觉得他们是自由、快乐的。

尤其是如今这个快速变化的时代，我们周围充斥着更多的不同声音和价值观，如何取舍、面对、平衡，是我们必须要完成的功课。而且，这门功课没有标准答案，没有人可以告诉我们应该如何面对世界的变化。我们需要在自我成长、察觉中，从忙碌的生活里找到一个适合自己的节奏。

与世界和而不同，是这些年我面对生活的态度。这个态度可以让我跟外界融合和接纳的同时，也保持自己的不同，让外界的评价、质疑、诋毁，都显得没有那么重要。

与世界和而不同，不是非黑即白，不是二元对立的态度或生活方式，而是中立一点，圆融一些，是山有山的错落，我有我的平仄。

成年人的世界，不是非此即彼。我们都在阶段性成长，会选择和找到一个中间地带，这个中间地带是自己最喜欢、最舒服的。

生活不止一种样子，每一种人生都值得被尊重，每一种生活都值得被看见，尊重不同的事物，用不同的角度看见和感受生活。因为不同才更丰富，因为丰富才更精彩。

如果世界上只有一种成功或者幸福的标准，那成功和幸福本身就失去了意义；如果世界上只有一种审美，那世界便没有了美。

愿你做一个有趣而完整的人，心里满是故事，脸上带着风霜，但不影响你带着美好生活。

愿你拥有与世界和而不同的勇气，用心专注今天的生活，爱自己也爱着世界。

五岁的孩子，救赎了我对原生家庭的执念

真正自信的人是什么样的呢？

自信的人，内心一定充满了安全感，这种安全感建立在对自己认可的基础之上，建立在自身的成长之上，建立在稳定的内核里。

当一个人很自信，知道自己要什么，拥有什么的时候，就不会人云亦云。这种源自内心的笃定，让他不会在外界的声音里迷失自己，不会被外界因素定义和影响，他始终知道自己是谁，始终坚定自己的内心。自信的人，更容易把人生中的各种际遇转化为自身的认知和成长，内在越强大，处世的方式就越显得云淡风轻。

我的自信，是五岁的海涛给我的，他还改变了我对原生家庭、生长环境和成长境遇的理解和看法。

2021年,我多了一个亦父亦母的新身份,起初彷徨无措,努力适应,再到游刃有余、甘之如饴的享受。在决定带着海涛一起生活之前,我从各方面都做好了准备和最坏的打算。在适应新身份的同时,也感受着另一种人生,对于生活和生命有了更深的理解。

海涛是由爷爷奶奶带大的,大概是因为没有在父母身边生活的缘故,五岁的他,没有家的归属感。他的口中有"爷爷奶奶的家""爸爸的家""妈妈的家""大爹的家""二爹的家""小爹的家"等,就是没有属于他自己的家。起初,我执着于培养他的安全感,告诉他:"海涛,小爹家就是你的家。"而五岁的他却坚定地跟我说:"不,这是小爹家,以后我会有自己的家"。那一刻我恍惚了几秒,心里好像一下子被什么东西击中了。

那一刻的我,突然对过往的经历释怀了。

我们的原生家庭只是我们来到这个世界的处境,而后的生长环境也不过是命运帮助我们蜕变的起点和力量。最终,我们都会在成长境遇里找到自己、成为自己、完整自己。

对于原生家庭,我们要做的不是依靠原生家庭去弥补或者找寻自己在世界的角色,而是借由原生家庭让我们从其他角度去看见生活。

一个人成长的过程,就是他构建世界的过程,我们终将会拥有"自己的家",一个可以安放自己的心、停靠灵魂的家。

内心缺乏安全感的人是什么样的呢?他们会怀疑这个世界,不相信一切的美好与自己有关系,对别人始终怀着戒心,不愿意信任别人,对外界事物没有兴趣,对世界缺乏好奇心和乐趣。

严重缺乏自信的人,是无法用自身的成长和创造来带给自己快乐的。

没有安全感的人,即使得到了全世界,仍然不会有安全感,只会患得也患失,得到的越多,带来的恐惧就越多。

安全感是一种对自己内心自信感的既定事实的确认,绝对的安全感源自对自身的确认,从别人那里来的安全感,形式远大于事实,最终都会幻灭。

安全感从来无法外求,它是我们内心世界的笃定与平静。

一直很喜欢李嘉诚先生的一句话:"真正的安全感,来自你对自己的信心,是你每个阶段性目标的实现,而真正的归属感,在于你的内心深处,对自己命运的把控,因为你最大的对手永远都是你自己。"

安全感自己给自己,有三层意思,第一是自己可以养活自己;第二是自己可以面对自己的孤独;第三是自己可以给自己带来快乐。

我们的人生是用来体验和自我创造的，不是用来演绎完美的。慢慢能接受自己身上那些灰暗的部分，原谅自己的迟钝和平庸，允许自己出错，允许自己偶尔断电，带着缺憾拼命绽放，这是与自己达成和解的必经之路和完整自己的必要阶段。

身边有很多原生家庭看似并不美好的人。初见雪姐，她淡雅如菊，赤诚相待，我欣赏她身上对万物皆可淡然处之的自如和遇见任何事情都不慌不忙的优雅，许是她从事教育行业工作的原因，教书育人，传道授业。

她出生于偏远村子，家中只有妹妹和她，儿时的记忆，是家族与邻居之间的谈论，母亲默默的眼泪和奶奶的置之不理，自小的生长环境让她不断想要证明女孩子也可以如男孩一般承担家庭，她努力学习，成了村子里面第一个大学生，也在之后的很多年，他们家依旧是村子里邻里茶余饭后的谈话对象，不过内容已经从老邱家只有两个女孩、没有男孩变成了老邱家女儿们真厉害，两个女儿都这么有出息，在北京扎根，事业风生水起，孩子也送出国留学，妈妈也接到身边陪伴照顾。

对于在村子里成长又走出来的人而言，改变他人的刻板印象，证明自己，并不是一件容易的事儿，何况是女性，可想而知，雪姐经历了怎样的困境与挑战，而她从未抱怨原生家庭与成长环境，而是一直在不断通过更换成长境遇与思维模式，让自己走一场只属于自己的人生体验之路。

她的善良，让她即使在被合伙人欺骗，赔付百万费用之后依然相信他人是无路可走不得已而为之，只是一时错误，选择自己独自承担并与伤害她的人和解。

雪姐说：很多人认为只有经历大事才可练心，殊不知生活中哪有那么多的大事可以经历，真正的心力来自把小事做好，做得坚定、坚持和勇敢，自然你的心性也练就平和了！

拥有自己灵魂上的"家"，用心度过每天的时光是对生活最好的交代，睡前回忆一下一天，心安、富足、踏实就是生活最好的方式。

我们都会有无法言说的至暗时刻，一场不为人知的暴风雨，一些被打碎而后重建的观念，是成长必修的课题，静待它过去，我们会成为更丰满、更平和的大人。

重要的是，有一个健康的身体、一颗感知清风明月的心和跟人说话时真诚有爱的眼神。

愿我们都能看见自己，找到自己灵魂的家，能够进退自如，丰俭随意，不悔过去，不忧未来，往里走，安顿自己，尽情享受和体验这仅有一次的人生时光。

爱自己比爱世界更重要

在这个世界上,每个人都在不停找寻那个可以让自己舒适、温暖的空间和角落。

在我们的内心深处,一定会有一些让我们觉得很温暖的记忆,它们在我们内心深处给予我们力量和爱,或许是一个人、一件事、一首歌。

这些年总是有很多人问:"你是怎么把一个人的生活过得那么轻松、惬意的?"

其实,所有风平浪静的背后,都有一颗随遇而安又强大淡然的内心。

这些年,我几乎都是一个人生活。从第一次离开家人身边时的害怕，对陌生环境和生活迷茫，在异地他乡的无助，到今天可以随时提着行李箱，在任何一个陌生的城市开始新的生活和工作。这一切都是因为我学会了适应生活。

生活给予我的经历，让我倍加感谢和珍惜生命。

独自在异地他乡生活的你，一定经历过独自一个人去医院的惊慌失措，过节时一个人吃饭的落寞，一个人去看晚场电影的孤独。午夜梦回，发现自己依然独自一人，眼泪会突然不受控制地掉下来。工作遇见瓶颈的时候，不知道应该怎么办，就像站在十字路口的孩子，迷茫无助，很想有个肩膀让我靠着哭一哭。突然接到家人问候短信的时候，即使再不安、无助和彷徨，也会微笑着跟家人说："没事，挺好的。"

当你一个人熬过这些日子以后才会发现：所有让你难过、落寞的瞬间，都会成为你成长路上难得的回忆和经历。

以下5点建议，送给跟我一样一个人在异地他乡生活的人。

1. 适应孤独，努力成长

《夏目友人帐》中说："我必须承认，生命中的大部分时光是孤独的，努力成长是在孤独中可以做的最好的事情。"

人生这趟旅途中，注定有很多时刻只能一个人度过，很多路只能一个人走，孤独是人生常态，你总要学着消化掉那些难捱的情绪，让自己变得独立和坚强。

当你尝试着把孤独转化为独处，不断积蓄向上的力量，让自己变得充实，变得优于过去，你会发现，没有什么事情比这更酷了。

做最好的自己，才会遇见最好的别人，才会遇见更好的生活。

2. 拒绝拖延，保持自律

比起玩手机、打游戏、刷微博这些在不知不觉间消耗你时间的事情，坚持一些能够让你变得更自律的习惯，会让生活变得更美好。

改掉3分钟热度、只停留在空想阶段的爱好，比如跑步、冥想、看书、学习一种乐器，找到自己的兴趣，将它变成自己的特长。

不要等事情拖到不得不做的时候再去做，学着规划自己的时间，慢慢开始整理自己的生活，掌控自己的日常，让一切变得有条不紊。

就像德国哲学家、作家康德所言："自律即自由。"有勇气跳出自己的舒适区，挑战自己的惰性并且尽可能战胜它的人，才是真正的人生赢家。

3. 没有体验过自律，你不会知道自己能有多优秀

不再晚睡，按时吃饭。夜晚适合休息，适合放空，适合听舒缓的音乐泡澡，适合很多安逸的事情，唯独不适合想念，不适合沉沦。

改掉吃油腻宵夜的习惯，压下不该有的躁动，把时间留给自己，别晚睡，也别去打扰谁。

比起消耗精力去想一些让自己纠结的人和事，不如好好睡一觉。第二天天一亮，那些在深夜作祟的情绪，就会消散大半。

照顾好你的头发、挑剔的胃和爱笑的眼睛，认真对待一日三餐，一生不过三万多天，好好爱自己，比什么都重要。

4. 坚持运动，锻炼身体

我们在人世间行走，所有一切存在的前提，是活着。

保护好肉体的"神殿"，使它尽量免受病痛折磨，是对自己最起码的珍惜。

运动是体力活动，也是放松身心的最好方式，不管是瑜伽、跑步，抑或每周去几次健身房，都是不错的选择。

让思绪放空，专注于当下的一呼一吸、一举一动，给心灵放松的空间，也给身体增强抵抗力的时间。

处在任何一个年龄段，都要做最好的自己，不要太胖，不要太瘦，保持鲜活的少女心和少女力，从一个有活力的身材和心态开始。

健康是人这一生最大的财富，而我们也必须为之终生努力，从当下开始，坚持运动，做更好的自己。

5. 总结过去，珍惜当下，坦荡面对未来

人这一生，注定是无法回头、无法重来的，过往种种，好的坏的，都会成为过去式。当你懂得"那些过得去的、过不去的都将成为过去"的含义时，就是你成长的开始。

旧人旧事，就让它们留在旧日的风景里吧，你要做的，是总结过去的得失，然后大步朝前走。

过日子，过的是以后，不是以前。不念过去，不畏将来，珍惜当下才是最好的状态。

学会舍弃一些早就该放下的东西：不会再穿的衣服和鞋子，不会再看的旧报纸，不会再联系的人。没有意义的事，早点和它们断舍离，你才能容易和更好的自己不期而遇。

这个世界有时会让人觉得很累、很辛苦、很压抑，甚至是很绝望。但请你相信，生活是有弹性的，别轻易认输，前路尽头，一定有光。

愿你始终做善良的自己,爱自己胜过爱世界,知世故而不世故;愿你可以一直勇敢坚强、自信坦荡,不惧风雨坎坷,也不畏人言挫折。

还是要有心愿，小一点儿也没关系

  这几年网络上总是不时冒出一个话题——寒门难出贵子。说的是出身不好的人，很难有所成就，因为他们已经输在了起跑线上。但我并不认可这句话，因为我就是标准的"寒门"，我身边大多数人的出身都很一般，但他们中的很多人都通过自己的努力成了人生赢家，甚至有些人，在影响和改变着这个世界。

  瑶瑶就是我身边出身普通，却凭借自己的努力活成最好样子的姑娘。

  初见瑶瑶是在2017年北京冬天的一场活动，我永远记得那天初见时那个满身散发着能量的姑娘，她的眼里写满了对生活美好的态度，那天近百人的活动现场，我只是记住了她。

之后彼此深入了解，才知道，这个看起来柔和又开朗，笑起来非常明媚的姑娘，背后经历了那么多故事。而且，她对家庭的责任感，对一切生活境遇的乐观向上，对工作的努力奋进，对生活的热爱与认真，以及对感情的洒脱与智慧，都让我为之欣赏。褪去表面的光鲜亮丽，留下的是她的柔美和淡泊，以及由内而外散发出的韧性，这些更让我自愧不如。

瑶瑶从小是跟着外婆长大的，母亲和父亲在她2岁时就离异了，所以她很小的时候就知道，她只能靠自己。

因为原生家庭的影响，瑶瑶从小就拥有了独立自主的意识，所以她在大学期间就凭借自己的努力在一线城市的市区有了自己的房子和车子。而后，她却选择放弃已有的优势，独自一人来到首都北京，在自己不熟悉的领域从头开始。

放下，从来都不是一件容易的事，但她说："人生需要不断的不确定性和挑战性，让自己变得更好。女性无须因为出身、容貌而焦虑，更无须依靠男人，靠自己就可以活出自己想要的人生。"

我欣赏她身上的松弛感和韧性，佩服她对于事情的毅力。如今的瑶瑶，拥有足够的智慧和实力，可以做喜欢的事，看想看的风景，按照最舒服的方式去感受这个世界。

人生这条路上，你不去拼搏、坚守、奔跑，就不会知道自己有多大的潜力和多么无限的未来。人生的一切都是自我创造的。

强大的人也会有脆弱的一面,内心缺乏安全感应该是跟瑶瑶有相同经历的人的通病,瑶瑶的表现是——极度怕黑。所以她到现在,睡觉都会习惯性地开着灯。

这是一种内心极度缺乏安全感的表现。因为童年的经历,她从小就明白自己没有选择的余地,要学会接受和习惯。所以她没有不喜欢吃的食物,没有讨厌的事物,遇到任何境遇都会逼自己去习惯,以至于她现在都没有讨厌的东西。

我始终相信,无论我们的家境怎么样,我们的命运始终掌握在自己手里。我们最终成为什么样的人,过什么样的生活,家境都没有起到决定性的作用,真正可以决定我们可以过什么样的生活的,是我们是否有坚持美好和努力的心。

因为这一生,我们吃过的苦,走过的路,看过的书,欣赏过的风景,都会藏在我们的骨子里,照亮我们的整个生命。

CHAPTER 03

路上见识世界，途中看清自己

让生活好玩儿一些，轻盈一些

一个人独处的时候，是我们最好的增值期，懂得享受孤独会让我们更加快乐和幸福。

毕淑敏说："在光芒万丈之前，我们都要欣然接受眼下的难堪和不易，接受一个人的孤独和偶然无助，认真做好眼前的每件事，你想要的都会有。"

如今的我们，置身于一个快速运行的时代，生活快到我们不敢停下脚步去看看沿途的风景，不敢静下来跟自己相处。很多人的人生都在被环境和生活推着走，不敢停下来休息，不敢一个人独处，不敢诚实地面对自己。

大概是因为我在朋友们眼里是一个极其孤独、极会独处的人吧，所以总是被很多朋友问及对孤独感和独处的看法，诸如一个人的时候会不会累？不工作的时候怎么打发时间？不谈恋爱会不会孤独？一个人会不会很辛苦？

其实，我曾经也无数次问过自己这些问题。感觉很累的时候，问过自己为什么要坚持，坚持是不是真的有用和值得；每次一个人深夜出差回家的时候，总会觉得自己很孤独；每次一个人搬家时，总会觉得自己很辛苦；每次一个人生病，又会觉得自己好可怜……而如今，我开始对生活有着不一样的认知和理解。我从一个需要把自己置身于人群之中寻找存在感的人，变成了如今安静到极致的人。外人对我最大的标签是佛系，因为我不喜欢社交，除了工作，只跟熟悉的朋友接触，爱好是喝茶、看书和做饭。

我真正开始享受孤独，开始懂得生活的意义，知道任何人，无论昨天多风光、多失意，第二天天亮的时候，一样要起身做回个人，继续生活下去。我们无法控制明天会发生什么，也改变不了昨天的生活，我们唯一可以决定的是过好今天，这就是人生。

是啊，人这辈子，谁还没有几回被苦难教做人？那种被生活一巴掌连着一巴掌，打得满地找牙的感觉特别不好。但是无数过来人的经验都在告诉我们：大家都没有什么窍门，就是笨笨地熬，然后不知道什么时候，那些艰难就过去了。

其实在我看来，所谓人生，不过是我们的经历和体验而已，无论好坏，痛苦或是开心，只要你回首往事时，不因碌碌无为而悔恨，不以虚度年华而羞耻，那你就可以很骄傲地和自己说："我不负此生！"

现在的我喜欢在工作结束之后，回家为自己做一顿简餐。看书、听音乐、照顾花花草草成了我生活的乐趣，因此在大家眼里，我似乎是一个很孤独的人。确实，我喜欢一个人，喜欢孤独的感觉，但我从不缺乏知己好友。

所谓的好友，是那种不需要靠频繁联系和见面就能维系关系的知己，那种比我还要了解我自己的知己，那种可以叫到家里分享美食和心情的知己。说起孤独，我想源于如今我们的生活，什么都很快，车马很快，人心变化也很快，或许因为凡事很快，我们越发珍惜从前的慢。

因为一个人而爱上《从前慢》这首歌，知道木心先生也是因为这首歌。都说通过文字可以了解和看透一个人，在那些字句之间，透着一个人的教养和品格，写着一个人的情怀和期许。

于木心先生而言，文学是可爱的，生活是好玩的，艺术是要有所牺牲的。木心先生笔下写过很多动人的故事，他的小说里总是夹杂着对人性的参悟和对生活的期望，从获罪到流亡,再到旅居,而后归来，他用文字和画作，记录着生活，也留给我们无尽的情怀和对生活的思考。

于我而言，万物是可敬的，生活是有趣的，快乐是需要用心发现的，人生是尽情体验和创造的，我们终将遇见完整的自己。

很喜欢钱钟书先生的一句话："洗一个澡，看一朵花，吃一顿饭，假使你觉得快活，并非全因为澡洗得干净，花开得好，或者菜合你口味，主要因为你心上没有挂碍。"

这是一种别样的心境和看到世界的角度，若你无法改变现状，何不退一步，去寻找别样的海阔天空。

我们之所以焦虑、纠结和无法独处，大多来自不喜欢现在的自己，大多数的痛苦来自没有办法一个人待着，因为现在的自己并不是当初期待的那个样子。

而丢失当初期待的自己，大致是因为我们总是去追逐生活中所谓的意义：活着的意义，工作的意义，爱情的意义。

或许我们走到生命尽头的那一天，才会恍然发现：其实生命本身是件毫无意义的事，我们活得有滋有味，其实就是因为它本身无意义，所以才会去力图找一些有意义的事情做。

时光流转，岁月变迁。愿你学会拥抱阳光，宽阔心怀，坦然生活。生活是很好玩儿的。

自省的孤独胜过一切鼓励

为了合群,我们不知耗费了多少时间,却少有人发现,孤独不仅可以让人变得出众,也能让人高质量地合群。

在快节奏的时代,我们马不停蹄地抱团和融入,过度社交的直接后果就是:自己可支配的时间、金钱被浪费,尤其是时间。真正的精英们,懂得享受孤独,适度脱离群体,学会和自己相处。

享受孤独,是在不被打扰的时间和空间里,完全依照自己的意愿,来安排这段时光怎样度过,是一种莫大的自由。在每天有限的自由的时空中,如果可以做到"自律",就可以带来"效率",成就那些常人做不到的事情。

这世上,每个人都是孤独的。人活在这个世界上,最终都要学会和自己相处。

小雅是我身边少有的一个神一般地存在的姑娘,她经常全世界到处飞,住别墅,开跑车,出门还有司机、保镖跟着,是典型的人生赢家。但当热闹欢聚过后,那种寂寞的感觉,只有她自己知道。

从她身上我没有看到物质带来的幸福感,反而是她发自内心的那种寂寞和无助,更令我动容。在我看来,小雅虽然不缺乏物质,但她的寂寞感,是用再多的奢侈品都无法弥补的。

虽然我孤独,但我并不寂寞,因为我有自己心向往之的梦想,身边有兴趣相同的人,还做着自己喜欢的工作。虽然银行账户里的钱还没有多到数不清的地步,但已经足够养活自己、回馈家人。

跟小雅认识8年,她有过两段婚姻,这两段婚姻对她的人生产生了莫大的助力。第一段婚姻,让她从一个农村姑娘,变成了一个拥有北京户口、房产的北京人。第二段婚姻,让她从北京人变成了中国香港人。她常常会说,如果自己可以重来,当初一定选择熬过孤独,而不是让孤独感蔓延,成为一人的寂寞。

鲍尔莱说:"一个人成熟的标志,就是明白每天发生在自己身上的99%的事情,对于别人而言毫无意义。"成熟就是理解孤独,接受孤独,享受孤独。

蒋勋说："当我们惧怕孤独而被孤独驱使着去消灭孤独时，是最孤独的时候。"人只有在跟自己对话时，才能自我反思。

笛卡尔说："自我反思是一切思想的源头，人是在思考自己而不是在思考他人的过程中产生了智慧。"

所以说，我们需要孤独。自省的孤独胜过一切鼓励。

一个人的时候，所有"原子"都是自己的，所有表情都是出自本能，所有举动都是宠幸自己的放纵。只有在独处中，我们才接近自然状态，孤独是开放了我们自身的端口。让我们有了与自己联结的机会，不用被迫与他人对话，可以专心与自己对话。

叔本华说："只有当一个人独处的时候，他才可以完全成为自己。谁要是不热爱独处，那他就是不热爱自由，因为只有当一个人独处的时候，他才是自由的。"

孤独是一种最本质、最昂贵的自由。因为拥有孤独的人，才能拥有真正的自我。

周国平说："人之需要独处，是为了进行内在的整合。所谓整合，就是把新的经验放到内在记忆的某个恰当位置上。唯有经过这一整合，外来的印象才能被我们消化，自我才能成为一个既独立又生长的系统。"

所以，有无独处的能力，关系到我们能否真正形成一个相对自足的内心世界。世界是一个硕大无比的食物拼盘。

我们每天都在马不停蹄地大吃大喝，却忘记了花费时间来消化吸收。而孤独是世界上最好的消化工具，所以，没有什么能比孤独更滋养一个人了。

能够孤独的人，才能万物皆备于我。

任何领域，只要你深潜进去，就会与他人之间形成隔阂或差距。这个世界没有一个人理应懂得你，一个人最应该争取的懂得来自自己。

真正的平静，不是避开车马喧嚣，而是在心中修篱种菊。

成长，就是先学会与孤独相处。

一个有趣的灵魂，即使永远无人理解，他也能从自身的充实中得到一种满足，因为他明白自己真正想要的是什么。

宁远在《远远的村庄》中说："孤独是非常有必要的，一个人在孤独时所做的事，决定了这个人和其他人根本的不同。"

正是孤独，让我们区别于他人。

叔本华说："要么孤独，要么庸俗。"

正是孤独让我们变得出众，而不是合群。

想要摘星星的孩子啊，孤独是我们的必修课，最高级的自律是享受孤独。余华的《在细雨中呼喊》中有一段话："我不再装模作样地拥有很多朋友，而是回到了孤单之中，以真正的我开始了独自的生活。有时我也会因为寂寞而难以忍受空虚的折磨，但我宁愿以这样的方式来维护自己的自尊，也不愿以耻辱为代价去换取那种表面的朋友。"

有很多人，因为害怕被别人说孤僻才去社交，去牺牲自己的独立精神与真实意愿，让自己出现在声色犬马的群体狂欢中，但真正有所成就的人，都在用"不合群"的时间去重塑真正的自我。社交可以体现一个人的外在价值，但孤独却能塑造一个人的内在价值。

人生就像在打俄罗斯方块，你合群了，也就"消失"了。

平庸的人，选取热闹来填补生命，超拔的人，以孤独来成就自己，达到生命的饱满。

亚里士多德说："离群索居者不是野兽，便是神灵。"

这个世界，一些人赢在了不像别人，一些人输在了不像自己。

没有谁会永远陪着谁的。我们都是自己世界的孤独王者，有些事情只能自己一个人去面对，有些路只能自己一个人去走，有些关口只能自己一个人去闯。

我们披荆斩棘，活得肆意

自媒体时代，信息太过纷乱，以至于很多人的情绪被周围的纷乱信息影响着。普通人面对这样的时代，一定要守住内心的繁华和安宁，别在纷杂中丢失了原本的自己。

如果你周围的同龄人都抛弃了你，那也是另外一种幸运。马克思在给孩子的信中写道："即使是最幸福的人也有忧伤的时刻，无论对哪一个凡人，太阳都不会永远只露出微笑。"

我们这个时代，每个人或多或少地都有点焦虑。年轻人为学业和未来迷茫，中年人为生计焦头烂额，老年人对着岁月哀婉叹息。综观人生百味，焦虑不过是世间百态中极为寻常的一部分。

然而，在我们当下的生活中，很多爆款文章竟将焦虑催生成了一门生意,制造恐慌来撬动流量。从"北京有 2000 万人在假装生活"到"在三四线城市里过着平淡却一眼看到未来的日子",从"人到中年,职场半坡"到"时代抛弃你时,一声再见都不会说",总结这类文章的共性就会发现,一个博尽眼球的标题、几个似是而非的故事、一个以偏概全的结论,就构成了一篇牵动无数人神经的爆款文章。

只不过,煽动焦虑而不纾解情绪,渲染痛苦而不顾及感受,以传递正能量为名却行释放负能量之实。读者看完之后,恐怕不会有多少收获,更谈不上产生什么感悟。

普通人面对这样的焦虑论,不妨以一种辩证的心态和自我的标尺去看待,避免无谓的恐慌和担忧。仅因为同龄人优秀就觉得自己被抛弃;要么一骑绝尘,要么被远远抛下……这种价值体系,只会催生出无尽的焦虑和欲望。

实际上,每个人的一生都在被所谓的成功者甚至后来者不断超越,如果仅仅因为同龄人优秀就觉得自己被抛弃,那世界 99%的人就都是被抛弃的人了。没有谁的人生能被片刻定义,也没有谁的生活可以被片面解读。

焦虑被包装成一个商品、一种潮流,恰恰印证了人们对实现价值、获得成功的极度渴望。在如今这个文化多元的时代,很多人都希望登顶，畏惧落后，只想收获，不问耕耘。于是，成功学大行其道，厚黑学甚嚣尘上。虽然成功不会催生焦虑，但对成功的欲望却会。身处欲望旋涡的人，就像处于一种失重的状态，有人能将焦虑变成动力一跃而起，有人却只能沉溺于这样的状态。

我们真的需要靠不停"刷"存在感，找优越感，来获得自己内心的安宁和认同感吗？

不知道从什么时候开始，我们变得越来越不像自己，被生活中的各种要求和定义束缚，忘记了自己真正想要的幸福感。如果每个人都是一条河流，它的幸福来源于享受沿途的风景，感受生命的不同际遇，而不是强迫自己到达去不了的彼岸。

在每个人的坐标系中，需要超越的从来都不是同向而行的同龄人，而是一个个标注成长的过往节点——过去的自己。正如一首小诗里写的那样："你没有落后，你没有领先，在命运为你安排的属于自己的时区里，一切都准时。"

同样的，在每一个奋斗的日子里，没有人会被抛弃。酸甜苦辣咸，人生五味全。只问成与败，谁人心能安？在这样一个被焦虑、压力、忙碌、孤独等情绪包裹的世界，愿我们都能守住内心的片刻安宁。

我们生活的这个世界已经有太多统一的审美、统一的认知、统一的标准去定义人生和成功。我们不能要求所有人都一样，要接受和允许我们跟这个世界的其他人不一样。

短视频里，到处都是身材好、长得好、有才华的人，但请你不要因此而焦虑不安。我们要在仅有一次的人生里，肆意生活，过好今天就够了。

与父母和解，重新认识自己

当父母跟我们说话需要小心翼翼时，我们彼此之间的角色就已经开始变化。从儿时父母拥有绝对权威，到长大之后我们占据主导位置，父母也开始变得敏感、脆弱和不安。

在近几年，我越来越强大的同时，我的操心先生（父亲）和差不多小姐（母亲）也渐渐放弃了家庭的主导地位。他们努力让我不担心，努力跟上我的节奏，也努力藏起对我的担心和心疼。

相比同龄人，我不是一个传统意义上孝顺的女儿，没有像其他人一样选择差不多的人生，我不结婚，不生孩子。这让他们承受了很多外界的质疑、亲戚朋友的评价。对于一生都活在他人评价体系里的爸妈来说，是一件需要很多勇气去面对的事情。

虽然我和操心先生之间未曾有过太多话语，却都怀着对彼此的担忧和愧疚，我担心他的健康和情绪，他担心我是不是太辛苦。我愧疚前些年未曾按照他们期待的方式生活，让他们顺心如意。他对不能帮我分担压力而愧疚，更为我的感情生活而担忧。我们之间对彼此爱的方式是他从不打扰我的工作，默默地支持和关注我的一切，而我从不敢主动谈及操心先生的未来。他竭尽全力照顾自己为我解决后顾之忧，我全力以赴安抚他的心情。

我与差不多小姐之间的羁绊从未停息。儿时，因为未曾了解她的不易，我曾经无比叛逆，无数次伤过差不多小姐的心。待我长成，尤其今年，体验了一个母亲的角色后，我才明白差不多小姐这些年来有多么不易。

自从我北上之后，差不多小姐对我越发小心翼翼，每次发信息唯恐打扰到我。而深夜我的朋友圈从不屏蔽差不多小姐，因为她没有我的消息会担心。我知道差不多小姐每天会通过朋友圈了解我的动态：吃了什么，做了什么，心情好不好。

我们之间都在各自的世界完成对彼此人生的功课。父母与子女的关系，其实是借由对方来更加了解这个世界和完善自我。人在成长的过程中，通过各种关系获得最初的自我，再通过摆脱各种关系的投射，才能获得完整的自我。

在这个过程中，不太和谐或是经常发生冲突的关系，会在心灵上造出一个负面的自我。比如孩子在成长的过程中，未能与自己的父母建立良好的关系，不时发生激烈的冲突，孩子成年后的心理就会出现隐患，这些"隐患"其实就是各种挫败的自我。通常，情绪稳定的父母不太可能养育出有心理问题的孩子，这样的家通常都是孩子心灵上真正的港湾。

心理问题其实是一种经常受到挫败而建立起来的防御机制，就像是一个经常受到攻击的城市，一定会建设起牢固的城墙一样，既限制了城外的人进来，也限制了城内的人出去。

所以，心理治疗和自我疗愈，其实都是去认识这些曾经发生在自己身上的"关系"，去认识在这些关系之中，人的自我意象是如何长成的过程，梳理、摆脱并整合这些生命中挫败的自我意象，人往往可以获得重生。

哲学里常说的"去认识你自己"，同样是分析、整理、统合人的自我的过程，每个人都需要找到一个完整的自我，才可以真正去主宰自己的人生。

事实上，每个人在成年之后，既需要有一个摆脱"过去自我"的过程，也需要有一个摆脱原生家庭影响、重新塑造全新自我的过程。

不过,现实生活中"去认识你自己"的重要性,从未真正被人们重视过。从孩提时代开始,多数人会被成长过程中发生的事情影响着自己的一生。

其实,人生最可怕的东西,莫过于以为自己"本就是这样子的……"。于是乎,人生便失去了各种本该属于自己的无限可能。

女性的持续性：因为重要，所以强大

我们往往习惯性地用自己的眼睛去看待这个世界，而不是用心。所以我们眼中的好人不一定善良，坏人也不一定邪恶。

由于工作的关系，身边接触的大多都是女性，涉及各个年龄段，各个行业，各种背景。我听过太多各种家庭背景的女性身上不为人知的故事，其中不乏如影视剧般跌宕起伏，如戏剧般看似虚无却血淋淋的现实。

这些故事让我仿佛又经历一遍她们的人生，不能说感同身受，却能共鸣她们当下的感情，有心疼，但更多的是怀着对这群独立而又优秀女人的敬畏和欣赏。

佳欣比我大一轮，跟我在一起却像我妹妹，我到现在都还记得跟她第一次见面时她的样子,她是那种让人在茫茫人海第一眼就能看见的人,美丽、精致的着装和妆容连女人都羡慕。我们一见如故,之后更是成了闺中密友。

佳欣是一个特别有人格魅力的女人。初见她时会欣赏她的美,待走进她,了解她之后,就会爱上她的独立和自律。

佳欣生活在南方的一个偏远乡村,因为是个女儿,被有着重男轻女思想的祖父、祖母和父亲嫌弃,从小在家里没有得到过太多的爱。母亲虽心疼她,却无奈在家里没有地位和主导权,唯唯诺诺地接受家人对她们母女的无视、无端的指责和无故的谩骂。所以,佳欣从小就有了要活出独立人生,主宰自己人生和未来的想法。

佳欣 14 岁时辍学了,之后独自一人去市里打工,起初在餐馆给人洗盘子,后来在酒吧做啤酒销售,也就是外人眼里那种每天化着精致的妆、穿着漂亮的不正经的姑娘。但这些并不影响佳欣内心的坚持和目标,她用自己在酒吧的收入换得了母亲在家中的些许地位和父亲心里的些许爱。

两年之后,因为佳欣优异的工作和管理能力,酒吧老板不仅给了她酒吧的股份,还把酒吧给她管理。在佳欣的经营管理下,酒吧一年的营业额翻了 10 倍,她也挣到了人生的第一桶金,给父母在老家修了房子，给父亲买了车。

如此励志的故事本应该很完美，但命运却总与努力的人开玩笑。于是，意外发生了。佳欣的母亲因为常年情绪不好，患上了抑郁症，加上村子里的人议论佳欣之所以能赚这么多钱，是因为她在外面给别人做情妇。人言可畏，在那样一个信息落后、思想陈旧的村子，她父母被人孤立和唾弃，连父亲也怀疑她，要跟她断绝关系。

最后，佳欣的母亲喝了敌敌畏自杀了。佳欣办完了母亲的葬礼，顺从了父亲的要求，给父亲留了一笔钱后就离开了家乡，时至今日也没有再回去过。

佳欣跟我说完她的故事以后，脸上平静又坦然，是那种我未曾见过的释然和解脱。我问她："记恨父亲吗？"她说："曾经恨过，不只父亲，我曾经恨过世界和身边所有的人，为什么我那么努力却换来质疑和误解？"

当别人在背后指着她说，她做不正当职业，是个坏女人的时候，她想反击和回敬别人说，她不是，真的不是。但她忍住了，没有反驳他们。在外人眼里或许是她默认了，但她却说，后来的她放下了，放过了质疑自己的人，也放过了自己。

独立的姑娘默默付出了什么？

我身边这样努力又有成果的姑娘不在少数，一起聊天的时候，总会聊到同一个话题：我们这样农村来的姑娘，没有背景，没有关系，没有学历，因为心中的梦想和目标，在陌生的城市努力工作，受过无数委屈，流过无数眼泪，拿到一点成果，却被别人质疑是靠潜规则成功的。

我想，如果可以，没有任何一个姑娘愿意独自离乡背井，在陌生的城市生活，远离父母家人和原本的生活圈子，没有朋友，没人照顾，一个人吃饭，一个人去医院打点滴，一个人去医院做手术，连家属签字都是自己。这样的生活不是别无选择又有谁想要呢？这样的经历和体验，又有谁想要感受呢？

但是，作为女子的我们，没有理由放弃和拒绝成长，放弃美好的追求和努力！

2013下半年，佳欣结婚了，先生是北方人，常年在香港和内地来回奔波，佳欣也因先生的事业一起奔波在香港和内地之间。婚后，佳欣的先生把自己名下所有的不动产悉数更变成了她的名字，对她更是照顾和宠爱有加……虽然婚后成了全职的家庭主妇，但她却活成了别人羡慕的样子。

2018年，因为工作的空当，我去丽江看佳欣和她刚出生的宝宝。因为佳欣喜欢丽江的风景，她的先生就在丽江买了房子给她待产。在佳欣家里住了半个月，我终于明白，自律是一个女人最大的能力，也更明白佳欣为什么能让先生如此爱她，为她倾其所有。

我去丽江的那天，因为航班晚点，到达时已经快凌晨了。那天佳欣刚好出月子，她坚持要到机场接机，她的先生说服不了她，只好跟司机一起陪同她到机场接机。那是佳欣婚后我们第一次见面，她比之前更加漂亮，脸上相比以前多了份柔和与淡然，满脸透着甜美和幸福的感觉，是那种在她数米之外都够感觉到的幸福的味道。

我在她家的半个月里，即使孩子有月嫂照顾，佳欣也每天六点起床去楼下跑步，七点半准时洗漱完毕，脸上带着精致的妆吃早餐，送先生出门之后，花费两个小时陪伴孩子，中午去自己的音乐咖啡馆小坐，钢琴、古筝等乐器无一不精，她在舞台上唱歌时是那么耀眼，不要说异性，连我都被迷住了。

佳欣中午回到家，吃过午饭，一边在阳台上慵懒地享受着阳光，一边看书，下午自己做好丰富的饭菜等先生回来吃饭，美食、美酒、鲜花，平淡中带着浪漫的小美好。饭后她跟先生一起去小区门口的健身房健身，之后一起回家陪伴孩子，十点准时睡觉。这个具有大女人情怀和小女人娇柔的女子，活成了自己喜欢的样子，更活成了别人喜欢的样子。

那半个月，是我辞职创业后过得最舒服、最惬意的日子。我停止了一切工作，每天跟佳欣一起过慢而精致的生活，没有了往日的匆忙、焦躁，作息规律且健康，整个人显得更加地轻盈和快乐。

说实话，她活成了我最羡慕的样子，经历了风雨过后拥有坦然、自得、悠然的生活态度。与其说她被老公宠成了公主，不如说她活成了女王，吸引了属于自己的国王。

从佳欣那里回来后，我也开始更加自律，按时吃饭、睡觉、读书、健身，但因为工作原因，只坚持了一段时间，就开始没日没夜地工作、熬夜、不按时吃饭，熬到自己颈椎病严重，得了化脓性阑尾炎，被逼回家休养。

其实我知道，工作忙都是自己的借口，不够自律其实就是自己懒，不够爱自己；其实所谓迷茫，不过是自己想要的欲望不够强烈或是痛苦不够深。

2019年之前，虽然佳欣在香港，我在北京，但我们彼此牵挂。有时她会飞到北京，我们一起在家做美食，有时候我也会飞到香港，跟她找一个茶餐厅，一坐就是一整天。我们从当初外人眼里的"坏姑娘"变成了外人眼里"幸福美好"的代名词。但只有我们自己知道，我们背后经历了什么，也只有我们知道，我们从未在乎过外界的声音，一直在自己想要的路上奔跑着、努力着。

我跟佳欣的最后一次约会，停在了 2019 的夏天，她的生命也于 2021 年走到了终点，我们之间的故事会陪伴我度过往后的生活。愿我们好好珍惜当下拥有的一切。

比起时间管理，我们更需要精力管理

你喜欢吃草莓，会毫不犹豫地买下它。如果你不喜欢吃香蕉，可能你犹豫之后也会买下它，因为香蕉可以帮助大脑制造一种化学成分——血清素，这种物质能刺激人体神经系统，给人带来欢乐、平静以及睡眠的信号。从这些小细节就可以看出，喜欢是单纯的，不喜欢才会权衡利弊。人生中的很多决定，在你犹豫的那一瞬间，其实就已经做出了选择！

现实中，我们做所有的选择都喜欢权衡利弊，按重要程度排序。究其本质，其实就是精力管理。

由于工作原因，我需要长时间、高强度地出差，尤其今年，两天一个城市或者一天两个城市是常态。在工作之余，我还能抽时间去当地的书店和特色餐厅打卡。所以很多朋友都很好奇，我如何同时兼顾工作和生活？

其实，这一切都源于我只做精力管理，而从来不做时间管理。

在中专的第二年，我开始进入幼儿园实习，做助教。那时的我跟大多数初入社会的新人一样很普通：学历普通，长相普通，能力普通。那时的实习，没有工资，只有500块的生活补助。做助教，每天都有很多琐碎的小事，每天被呼来喝去，写课程记录、处理各种细枝末节的问题。

一无所有的时候，只有时间。家世、学历不够，只能不断努力。为此，我几乎谢绝了所有的社交和娱乐，那段时间的生活常态是每天拼命工作，熬夜加班之余，努力学习舞蹈、钢琴、读书。

后来，我自己开始创业，经常忙得日夜颠倒。其间更是充分体验到了生活的百态，人情的冷暖。岁月流逝之后，蓦然回首才发现，我们的生活中，最贵的是时间。

因为日夜颠倒，我患上了严重胃病。赶上特别忙的时候，为了不耽误开会、赶方案，甚至需要吃双倍剂量的止痛药来缓解疼痛。在一次200人的内训时，我胃疼到几乎失去知觉。终于，我两眼一花，晕倒了。我"华丽"地成了第一个晕倒在讲台上的主讲人。

醒来后，才发现自己已经昏睡了十几个小时，炫目的暖胃灯下，我开始怀疑自己。为什么我这么努力，时间还是不够用？我既想要工作好，也想要身体好，难道就没有两全其美的方法吗？

好友从千里之外飞来医院看我，他在关心之余说了一句话："你每天是很忙，很累，但是像一个无头苍蝇一样做事，又有什么用呢？"

好友的话虽刺耳，但真的把我点醒了。"长时间无节制地工作"绝不是什么灵丹妙药，是黔驴技穷时的低劣玩法。即使再忙，也不能将一天变成25小时。战术上的无效勤奋，是因为战略上的无能。不懂精力管理，不过是使蛮劲儿。

于是，我开始翻阅大量的时间管理书籍，研究各种精力管理方法，一边学习一边在工作中实践。

学会分清工作重点，不再眉毛胡子一把抓，低效忙碌；学会战胜拖延症，懂得小步累进，不会再为了赶工而通宵熬夜，正常作息和三餐营养；学会了如何在高压和焦虑下分配自己的时间和精力，更轻松地工作；懂得越早规划越能掌握主动权，每天提前一个小时起床，吃早餐，收拾自己，提前在脑子里预演各种可能，从而获得工作的从容感；懂得碎片时间蕴含的巨大价值，见缝插针地学习。

而且，我还规定自己每天晚上11点必须入睡，早上6点起床，做好一天的工作计划。

不到半年，不仅我的胃病好得差不多了，工作能力也有了突飞猛进的增长。

外人看来，我真的是很走"运"。但我心里清楚，这些他们看见的光鲜亮丽的背后，有我在无数深夜的泪水和无数次放弃的想法。

真正的精力管理，是选择也是放弃。

由于工作原因，我需要长期穿梭在各大城市，在各大城市酒店住的时间比在家里更多。好友曾经问我："如今这样的生活是你想要的吗？"

是的，这是我曾经想要的生活，虽然偶尔会有些疲倦，但从未后悔。

这 10 年来的经历，人生的各种不安、彷徨、无措，让我更加懂得淡然自如地把控自己，从时间到精力，再到情绪。明白如何做精力管理，让自己的工作和生活更加高效，所以即便是在出差，我也坚持写作、看书。

2022 年，克服了抑郁症之后，我重新调整了自己的生活节奏和工作，慢慢退居幕后工作，更多关注自己身体和心灵的成长，从容地享受工作和生活。或许，这就是所谓的命运转折点。

现在的我，每天除了两个小时的工作以外，都在用心生活。

我之所以能够把生活和工作都经营得很好，主要是我用心对待当下的事情和人，最重要的事情只有一件，每天只精准去完成一个目标，其他都是顺带的常规操作；不多花时间在纠结、不安上，当面对要不要的选择时，一律不要，因为笃定舒适，不会存在选择；也不胡乱浪费精力，无法达成共识的人和事，一律微笑面对，不执念、不说教、不争论也不在乎。

精力管理可以让我们的时间更高效，内核充实可以使情绪稳定，这样整个人就会能量满满，快乐加倍。

有人说，作为一个女孩子，可以不需要那么努力和拼命。但是，我的努力只是为了尽量让自己的人生不留遗憾而已。

身为女性，嫁了人，结了婚，有了孩子，就会面临在家庭、孩子和工作之间的选择，不管怎么选择，女性的牺牲都很大。我想说的是，职场和妈妈，本身就是两个角色。每个角色都很重要，关键要清楚自己想要什么，也就知道该如何选择了。

对我而言，爱一个人无非就是愿意付出自己最稀少的资源：贫穷时的钱，繁忙时的时间，众多选择时的唯一。

这也是我多年来最大的心得，学会把控自己，不仅仅只是管理时间、精力、欲望，还有管理自己的人生目标。

想清楚要什么，然后把它们都变成最重要的事，这些事情就会像海绵一样，把时间吸收进来，我们自然就能拥有时间，打造我们想要的生活。

你精力管理的能力，决定你的未来。

精力管理，就是管理自己的人生；把控自己的精力，就是在创造自己的人生。

现在的我，有了更多和自己相处的时间，有更好的自控力，也会经常受邀给一些公司做分享。分享过程中，发现许多人都跟当初的我一样，都有时间的烦恼：熬夜晚睡，总感觉时间不够用，事情做不完；总是爱拖延，结果被事情压得喘不过气；工作容易分心，效率低下；制订一长串的计划，真正执行的没有几个……

每次听到同事、朋友向我抱怨没时间时，我就很想告诉他们：不要把时间当成敌人。

时间应该是能帮每个人获得自由的盟友，是每个普通人最忠诚的守护神。只要用对时间，它一定会给你一个想要的未来。

我只不过是既要自己喜欢的生活，又要工作的普通人，如果我都办得到，那么你也可以！

愿我们一起，在时间里，收获你该有的、幸福的模样。愿时光给予我们最好的生活，让自己蜕变成喜欢的样子。

如今的你,是当初自己喜欢的样子吗

你有没有想象过,如果时光可以重来,你会选择怎样的人生?如今的你,还是当初喜欢的样子吗?现在的生活是你当初期待的吗?

相信每个人的答案都不尽相同。

无论如何,生活都是自己所选择的。我们三五年前的决定和选择,成就了今天的我们,而当下的我们,造就了多年后的我们。

多年前的我们,是否在梦中预想过此刻自己在哪里?过着什么样的生活?身边都有哪些人?心里爱着什么样的人?

我们姑且把这个叫作期望、目标,抑或是梦想。

多年前的我,看着影视剧里的那些穿着职业装、高跟鞋,在舞台上发光发亮的人物很漂亮，很有气质，期望长大后成为那样的人。向往那些可以去不同城市工作，以及在不同城市的酒店穿梭的身影。所以，年少的我把那样的生活当成了目标和梦想。

当我如愿成了经常穿梭在各个城市机场和酒店的人，穿上了喜欢的职业装、高跟鞋，站到了舞台上之后，却开始厌恶曾经梦想的生活了。

曾经只想在各地飞驰过就好，却从未想过一天需要辗转五座城市，在机场、高铁吃快餐的时间远多过在餐厅，甚至将肯德基吃到反胃。

曾经羡慕那些可以出入不同城市五星级酒店的人，却从未想过这样的生活会变成常态。很长一段时间里，早上醒来问自己的第一个问题就是："我在哪里？在哪个酒店？"

好像过上了自己曾经想要的生活，得到了自己曾经想要的一切，但回首时，却发现自己其实并没有多么快乐、幸福。为什么会这样？究其根源，是初心没有了。在追求的路上，我们忘记了曾经的自己为什么追求这些，只有一直要追求的那个目标和结果。

还好我在向前的路上一直坚持着，遇见的很多人，帮助我重新找回了那份初心。

一定要遵从内心，不违心，用自己喜欢的方式生活。但这句话并不是鼓励不顾后果的任性，而是有前提的。前提是我们可能要花费大量的时间去做自己不喜欢的事情，才可以让我们有足够的实力去做想做的事情，过想过的生活。这是生活的常态。

无论是生活方式、工作，还是爱情，都是如此。想要任性地选择自己喜欢的一切，爱任何一个想爱的人，用自己喜欢的方式去生活，就必须要有一段蛰伏的时间。在这段时间里，我们会做不喜欢的事情、不喜欢的工作，经历不属于自己的人。

命运是很公平的，那些看似光鲜亮丽、不需要丝毫努力就可以活得优雅的人，一定会在其他人看不到的地方默默努力，忍受一般人无法忍受的委屈和汗水。

如今的我，知道自己想要成为什么样的人，知道自己要什么，知道怎么得到想要的东西。

从前不回头，余生不将就，如此便好……

愿内心笃定，余生不争；即使寂寥，也有骄傲。一切如浮云飘过，心若简静，尽享人间所有清欢。

我们仰望灯塔的时候，也会成为别人的灯塔

我们总是会先通过喜欢某一个人，喜欢做某一件事，以此来喜欢自己。等到真正成熟的阶段后，会先喜欢上自己，再因此去喜欢某一个人，去喜欢做某一件事。

这两种"喜欢"之间的差距，是不一样的，阶段也是不一样的。

前一种"喜欢"是由外向内的喜欢，后一种"喜欢"是由内向外的喜欢；前一种"喜欢"往往短暂且肤浅，后一种"喜欢"却长久且深厚；前一种"喜欢"需要互相喜欢，需要从喜欢之中得到回报，后一种"喜欢"却纯粹且干净，"喜欢"本身就是一种回报；前一种"喜欢"往往是苦乐参半，后一种"喜欢"却只带给人成长和喜悦。

后一种"喜欢"这么美好而热烈。偏偏，如果不去经历前一种"喜欢"，根本就无法抵达后一种"喜欢"。万物都需要历经岁月的洗礼才能抵达成熟，这也是生活的可爱之处。我们会在不同阶段去拥有不同的喜欢，也会遇见不同阶段的自己。

如果你当下无法由内而外地喜欢自己，向外的喜欢也成了委屈，那不如考虑寻找下一个努力的目标或者榜样，去追求更好的自己。

如同很多"饭圈"女孩们，其实是给自己一个榜样，不用猜疑对方的心思或是期待给予自己什么回报，就是单纯地欣赏偶像的各个方面，期待偶像慢慢变得更优秀，在感受到偶像优秀魅力的同时，自己也可以拥有一种快乐的生活方式。

2022年的夏天，我关注和喜欢上了一个"95后"偶像男团组合，被他们一路走来的故事和经历感染和影响，这让我的生活有了很多美好的变化。

因为走进了"饭圈"女孩儿们的生活，看见和了解了她们的生命状态和生活方式，体验了很多热烈的感受和惊喜。因为欣赏，我有了新梦想和新领域的追求。在他们不同人的身上看到了来自不同生命之间的影响和改变的力量。当生命影响生命时，就会发现，在仰望灯塔的时候，也有人把独立的、完整的自己当成灯塔般关注着、喜欢着。当身边在娱乐圈的朋友知道我开始关注这个组合时，都很惊讶，因为我从未借朋友之便去要他们的专辑或者签名照片。因为"由内向外地喜欢"阶段，是只跟自己内在成长有关的喜欢，同时会明确保持距离，即使喜欢也不一定要靠近。

"由内向外地喜欢"带给人的价值和启迪是非凡的。喜欢一个人，喜欢某一件物品，喜欢做某一件事，皆代表着自己向往的某一种状态下的自己，代表着自己需要获得的某一种新的人生体验。这些都在启迪我们的人生方向，告诉自己，如果目前无法依靠自己去抵达这样的人生状态，就可以假借另一个人的人生状态，去成为喜欢的自己。

对他们的关注，源于他们十三个人互相的影响和陪伴，也有他们各自对梦想的坚持，对舞台的热爱，以及对粉丝支持的双向奔赴。虽然他们也都逃不开外界各种褒贬不一的评价和质疑，但作为成年人的我，对他们的感受也只是个人欣赏，我可以选择对自己有利而快乐的角度去观察和感受。

最开始关注他们，源于偶然刷到组合的两个"中国"成员，小八和俊辉。之后我带着好奇走进这个组合，又被他们的追逐梦想和努力奋斗的生命状态所激励和感动着。梦想会让我们找到人生的意义，拥有能够陪伴彼此、实现梦想的人，更是一种幸运。

在他们所有的词曲里，我最喜欢："请连我们最隐秘的悲伤也一起去爱吧，这世界不算太糟糕。此刻你原本的样子，便是最珍贵的存在。用这突然长大的外表，明天也像孩子一样生活。"

粉丝和各种报道都在说他们始于地下室却将高楼筑起的不易与辛苦，在我看来，他们在仅有一次的人生里，因为遇见彼此和陪伴彼此，有对梦想的坚持与热爱，从黑夜走到白天，从倾盆大雨到彩虹盛世，拥有最好的青春年华和最美好的人生体验，才是幸运和难得的存在。

他们所有人都把团队利益看得高于个人成就，所有人的青春都是彼此，那些难忘的回忆、对于未来无限的期待以及今天的美好都属于彼此。他们用各自的生命，影响和陪伴着对方，也完整了彼此的青春岁月和人生体验。

其实，他们中的每个人都脆弱而敏感，明明都是需要保护的对象，却又彼此守护，强大而温柔地用自己的方式守护着团队和自己的梦想。

看过他们的演唱会舞台、出道后的综艺、采访节目，以及在练习室里不停地练习舞蹈的视频。因为高强度的演出，团队里的成员甚至需要吸氧。每一种付出都会被看见，而带着热爱就会在那些不美好的岁月里，能够依旧坚持并全力以赴地面对生活。

祝福最好的他们，也愿每一个为梦想努力奋斗和用心生活的人都能遇见爱和温暖。愿每个有爱的你，人间这一遭，圆满了三界六道，看过了是非哭笑，从此天涯海角，皆是逍遥。

很多偶像或者榜样，他们或许不认识粉丝，但粉丝们会因为他们的存在而变得更加优秀和美好，这也是榜样的价值和力量，以及偶像与粉丝之间因为爱与被爱的双向奔赴。

偶像能被那么多人喜欢，也是因为喜欢他们的人都期待和向往着有一天能够成为发光发亮的人，所以无数的追星男孩女孩，勇敢地去做你自己吧，让自己变得更好的同时，去大胆而自由地喜欢这个世界吧。

2022年的夏天，我在这十三个弟弟身上感受到了生命的美好，变得更加有力量，从而想要去成为一个更好的自己，去拥抱和感受世界更多的美好。

在你仰望着灯塔的时候，也有人把你当成灯塔。祝愿每一个追星男孩女孩都能够在各自喜欢的榜样身上，看见光源，感受到力量，学会爱自己，坚持自己喜欢的一切，成为更好的自己；也因为被热爱的人照亮和温暖、引领和陪伴，去成为别人的灯塔，也带给别人力量和温暖，唯爱与快乐共创美好未来。

我们终将在各自的世界里学会告别

个体的死亡不是终点,生命永不终结。当我们有勇气面对死亡时,就会真正明白生的意义和活着的价值。死亡也从来都不是生命的终结,而是另一种生命的延续。

许倬云先生说:"我们中国人独有的生命观,不是将生与死割裂为两截:生和死是连续的,也只有将一代代的生命联成一串,才能慎终追远,将个体的生命纳入群体的生命,从而超越个人的生命。在这种意义下,个人的死亡只是生的转换。"

在我们中国人的观念里,整体生命是两条线:一条是对生命延续的盼望,一条是对于过去岁月的记忆和思念——两者是平行的河流。于是,在我们的理念中,死后境界是死前生活的延续;

生前具有的一些人际关系，在死后照旧延续。这两条并行线就是生命和死亡，将现在与过去交织在一起，二者永远平行却纠缠不断。

民间也有种说法：离开的人，在这个世界的生活会延续到另外一个世界。所以我们总会在故去的家人墓前唠唠叨叨，"爷爷，奶奶，我来看你了""吃饭了吗""最近过得好不好"。这是相信，他们在另外一个世界里是能够听得见、感应得到这份来自血缘传承的爱。

有人说，父母是隔在我们和死亡之间的帘子。当父母在时，我们和死亡好像隔着什么，没有什么切身感受。事实上，不用等到父母过世，我们就会直面死亡。那些亲戚、朋友、邻居，他们去世对我们的冲击，也是直接且巨大的。

我五六岁时参加了记忆中的第一次葬礼，上午还是笑着打招呼的邻居，晚上就被置于冰冷的木板之上，周遭的哭声充斥在耳边，随着一步步的仪式，之后盖棺，最后埋进土里。

在那之后很长的一段时间里，我常常刻意回避关于死亡的话题，刻意不再参加葬礼。真正有勇气面对死亡，是在 10 年后爷爷的葬礼上。

我至今依然清晰地记得那天我所有的情绪。那天我被二姐急促地带出学校，五六个小时之后回到乡下老家，在家附近就能够感受到家里人潮涌动,二姐比我先一步走到屋里跪下,而后是一轮一轮的哭喊声。

那时,我才后知后觉地知道,那个会对着我笑,哄着我,总是小心翼翼地爱着我的爷爷走了。看着他安静地躺在屋子的中央,恍惚迷离之间,我做不出任何反应,之后耳边传来"爸爸""爷爷""大哥""伯伯""外公"的哭喊声,我只是跪下,眼泪悄无声息地往下流。

为了让离开的人灵魂得以安息,老家有很多民俗仪式,万幸我的家族没有依照常规习俗"女孩子"不能守灵守夜。我跟哥哥、表弟一起完成了葬礼所有流程。那些天,所有人忙着各自的事情时,都眼含泪水,只有我并没有太大的情绪。在村里很多人看来,作为爷爷生前最宠爱的孙女,我的平静显得有些冷漠。

几天后的告别仪式上,按照习俗走完了告别流程,在出发去墓地之前的盖棺仪式中,我摸着爷爷仿佛还有温度的手,跟他说,去另外一个世界换我回馈他,爷爷爱着的一切,由我来守护。

墓地距离家走路大约需要半个小时,送葬的亲属手握白绫,跟随着队伍,亲人的一声声呼喊,突然将我连续几天的无助、不安和挣扎具象了出来,瞬间泪如雨下。

时至今日,爷爷的爱也从未离开过我的世界。儿时,他对我无条件的爱、坚定不移的选择，无时无刻不在温暖我。

2020年的春节，我因为特殊情况不得不滞留在烟台过节，错过了跟奶奶的最后一个春节。等我五月份回到家时，已经是晚上9点多了，但奶奶还是看着我吃完饭之后才回到房间睡觉。之后的5天里，奶奶的精神一天不如一天，从能够自己动手吃饭到无法进食，从健步如飞走到无法行走。奶奶在最后时光里，她为之付出了一生的"孩子们"都在身边。她最后也在最爱的儿子怀里告别了这个世界。

奶奶的离开，对于我们来说，很意外也很无奈。邻居说，奶奶走得很安详，没有吃过什么病痛的苦，是幸运的。

奶奶走后的几天，家里所有人路过那个挂着爷爷奶奶黑白照片的祖先牌位时，总会下意识地停下来，跟她说说话。所有家人好像都默认，奶奶其实没有离开。这大概是我们中国人共有的表达方式，也是我们独有的来自血缘延续的真情实感。

我在陪伴奶奶走完生命最后的过程中，仿佛回到了10年前，弥补了未能陪伴爷爷最后时光的遗憾。在安顿好奶奶后事之后，我才真正有勇气面对死亡。

从第一次意识到邻居的死亡开始思考死亡，到亲自送走最爱的爷爷、王先生、奶奶和佳欣。如今的我，在一次次告别亲近的人之后，对生活越来越平和，对生命越来越敬畏。

那些先行一步逝去的生命，其实并未消散。2020年告别奶奶之后，我签署了《遗体捐献书》，这是勇敢面对死亡的告别和延续生命的方式。

仅有一次的人生，所有人都终会归于尘土，而我选择用"遗体捐献"的方式延续生命。"死亡"会摧毁肉体，"爱与回忆"会长存于世。

愿先行一步的人们，在各自的世界里自由自在，幸福美好。留下来的人们也平安喜乐，安然无恙。

CHAPTER 04

希望日子安稳且充实，被喜欢的事情填满

给自己一点时间，允许一切发生

在生活里，同行的人，比风景更重要。很多时候，同行的人，其实就是我们身边最美好的风景。

我们这一生遇见的朋友，有时候会是治愈和救赎我们的良药。而我身边也有一个这样的她，在2022年的夏天，她令我更接近真实的自己，并全然接纳自己的存在。温柔而坚定的她，经过岁月的沉淀，用她温暖且炙热的心，治愈和救赎了很多人。我们因为对传统文化的共同热爱而相熟，因为互补而相惜。我们会彼此分享发生的小事和感悟，一起看剧、看书分享不同角度看见的世界。

她就是惠姐。于我而言，她是贴心温暖的姐姐，是亦师亦友的知己，更是能够示弱避风的港湾。惠姐是我儿时就想成为的那种人，自小在有爱而富足的家庭长大，进入最好的大学，学了自己喜欢的播音主持专业。后来成为记者、配音演员，嫁给年少时的爱情，拥有幸福美满的家庭生活，有一双可爱的儿女，有自己喜欢的生活方式。如今，惠姐自由自在、随性洒脱地生活着。

拥有如今淡然而美好的当下，她的经历和感悟很多，就像她会说："每个人来到这个世界都有他的功课，各人有各人的修行，我们都需要各自完成。"是的，一切遇见和发生，都有它的安排和因果。只需要慢慢遇见、慢慢感受、好好体验就好。

当我用尽全力、无微不至地照顾身边人时，惠姐会温柔地提醒我："要对自己好一点儿，更好地照顾自己。"

当我每天都在努力绽放开心的笑脸时，她会说："喜怒哀乐都是自然的情绪呀，你要允许一切情绪出现。"

当身边有人执着于一些往事时，她会说："只有放下过去，才能迎接更好的明天。"

在惠姐身上，我看见了另外一种生活和思维方式：真诚的第一要务是面对自己的内心要足够真实，接纳和允许一切发生。

惠姐让我认识到了自己的另一面，更诚实地接纳自己和允许自己情绪的发生。就如同莫言在《晚熟的人》里写道："人只有知道自己无知后，才能从骨子里谦和起来，不再恃才傲物，不再咄咄逼人。"所以说人总是越活越平和，我们称之为成长。成长就是慢慢地像尊重自己一样尊重他人，承认自己的无知不等于否定自己，而是为了改善自己。

是的，我们成长的轨迹大概都会如此，因为一些人、一些事而更加成熟。年轻的时候，心是向外生长的，向外求认同，向外寻感受，向外去比较，向外找乐子，向外去爱人。体验生活之后，就知道向外行不通，得向内去寻求，内外平衡兼修，向内爱自己。经历过岁月之后，基本上就不再向外了，只求向内发现，自己造多大的屋檐，躲多大的雨，冷暖自知。

每个人的思维方式不一样，所以看法不同不必争论；每个人对人生的追求不一样，所以价值观不同，不必强求；每个人对自由的理解不一样，所以不必纠结是非对错；每个人对自己人生负责任的方法不一样，所以过好自己的生活就好，外界的声音尽量屏蔽；每个人想要成为的自己不一样，所以专注内在的平静，而非外界的喧嚣……

作为香文化的传播者，惠姐说："香修不止于香品的修习，更是人格的淬炼。我们在不断的反省中蜕变自己，以香为载体观摩自己、观察自然，与自然对话、与众生对话、与自己对话……回到生活中，那种对内心情绪以及深层人性弱点的洞察，让我们开启了人生的觉察,这不仅是香修在生活中的演练,更是一种生命的觉醒。"

生命本是一团气,包裹了你走过的路、读过的书、经历的事,散发着独特的味道。这团气亦是香气本身,至于人对香路的探寻与追求亦是对生命正气的坚持。一路追寻着香气,为更多灵魂打造内心的养心殿,让每一颗迷失的心有处可依,在这片香气四溢的吉祥海中,海阔天空,风平浪静。

做内心强大的女人

我们这一生遇见的所有人，都是缘分与命运的安排。有人为陪伴而来，有人为回馈而生，也有人只为遇见，无论惊鸿一瞥还是一眼万年，都值得欢喜。

这是一个关于爱的故事，是一个有爱的人创造的故事。我跟然姐的初识，是通过网络。初见，源于承诺。相识，源于命中注定的缘分，相知、相交源于彼此心中那一份善良和对生活的热爱。

我们是彼此生命里最特别的存在，是没有血缘关系的亲人，是闺密，是并肩作战、志同道合的姐妹。然姐柔软里透着坚强，那种对生活的热爱、对事业的执着、对家人的爱意、对团队的责任，都于点滴的小细节中展露无遗。

于我而言，然姐是如同家人般温暖的存在。无论开心还是悲伤，我们会第一时间想要跟彼此分享。每次我把自己的不安和压力跟她分享，她总能给我不一样的安慰。听她说话，仿佛看见了乌云背后的彩虹般让人感到幸福和美好。

你以为这是然姐全部的好吗？不是，这只是她千分之一的美好。她热情、乐观、坚强、自信，一切美好的词语都不足以形容她。这个有着两个孩子的母亲，整个人的状态看起来好极了。我们在一起时，她像极了一个邻家小姐姐。

如今的然姐，绝对是外人眼里的人生赢家，有稳定的事业，爱自己胜过爱别人，活成了无数女人期待和喜欢的样子。关于生活，然姐有两个可爱的女儿。关于事业，然姐有自己喜欢且坚持的事业，做着自己喜欢的事情。

在我看来，如今的然姐，是在过往的经历中练就了强大的内心，懂得了如何去爱。因为内心强大的女人不会在乎外界的压力，不会在乎什么样的人在她的生命里来了又去。做内心强大的女人，让自己始终在路上。因为人生有太多回忆让我们忘却不了，总有一些记忆在提醒我们它的存在。但是内心强大的人，即使伤痕累累，也可以继续自己的脚步。

从生活上讲，一个女人的生活圈子有限。很多女人在家庭主妇的位置上，以家庭为核心，围绕着丈夫和孩子，每天面对的都是自己的家人。做内心强大的女人，除了家庭，我们还需要有自己的生活圈子。即使是一朵娇艳的玫瑰，也需要在阳光下呼吸新鲜空气。当你有自己的圈子后，你就会慢慢地发现：其实你是那么有魅力、那么强大，强大到整个家庭都会依赖你，世界都会因为你而充满活力和温暖。

无论是在生活上、事业上，还是在爱情上，做内心强大的女人，都能够让你在生活的嘈杂中，淡定而优雅地生活。而爱是我们通往内心强大这条路最快速，也是最简单的一条捷径。所以，从今天开始，我们要一起做一个为爱自己而活的女人。

愿我们都拥有接受一切发生的心态。如此，诸事皆圆满，生活常喜乐。

世界很喧嚣，做自己就好

一个认识多年的朋友笑笑，知道我又准备出新书，发信息给我说很羡慕我，羡慕我有自己为之努力的事业，无论外界声音如何，都过着自己喜欢的生活，说她如果能够像我一样就好了。

笑笑说："我好像一直都在按照父母的安排生活，从读什么学校，学什么专业，做什么工作，人生好像没有什么起伏，也总是波澜不惊。导致我之后在感情里，也成了被安排和支配的那一个。而后所有的挣扎和无奈都好像在告诉我，就是因为前半生太顺利和平坦，才让我在之后的感情里，受那么多苦。"

我回复："其实我们每个人都在体验不同的生活，你拥有的幸福是很多人求之不得的。"比如，我曾经也羡慕过笑笑的人生。

2015年的那个夏天,我刚到北京,认识了北京姑娘笑笑,她是我至今还有联系的朋友。第一次见到她时,她穿着粉色的套装,头发长长的,在弹钢琴。听朋友说,笑笑琴棋书画无一不通,是在电视里面才能看见的有钱人家的大小姐形象。当时初到北京追梦的我,面对笑笑,有了被无限放大的自卑感。

晚上我们一起去吃饭,我才发现原来笑笑性格直爽、大大咧咧。背着父母,她喜欢赛车,喜欢喝酒。她说:"平时自己在家人面前总是需要乖巧,被教导得像个大家闺秀,只有在赛车时,才能感受到自己鲜活的生命,而不是按照父母意愿打造出来的玻璃娃娃。"那时的我,无比羡慕她,甚至幻想过如果拥有她的人生该多好。而后我才明白,所有美好的礼物,都有代价。

2015年我们认识的时候,笑笑已经在国外上了8年学。我们认识的那一天,正好她回国看父母。大概因为我无比羡慕她的人生,我们经常聊天,而后成了无话不谈的朋友。笑笑会告诉我她在国外遇到的好玩的事情,而我会告诉她我身边充满烟火气的日常生活。我们就像活在两个不同世界的人,交换着彼此世界里的故事。

这些年,我知道笑笑所有的风光背后父母的束缚和她自身天性之间的拉扯,以及在感情里每一段关系都被控制,甚至被家暴的狼狈。笑笑自小按照家人的期待生活，从来不敢真实地表达感情，这让她容易被感情所支配，恐惧感情，这样的恐惧伴随了她很长一段时间。而她也了解我所有阶段的成长。我们都见证和陪伴了彼此那些光鲜亮丽背后所有不为人知的隐秘角落。

2021年，笑笑在巴黎结婚了。在巴黎的城堡里，在家人的祝福下，她嫁给了学生时代喜欢的那个人。笑笑从家世到婚姻都是无数人羡慕的对象，而像笑笑这样在大多数人眼里典型的人生赢家，也有不为人知的过去。甚至，她也会羡慕我这样简单而普通的人生。

我们或许都曾经在人生路上，努力活成了别人羡慕的样子。当别人羡慕我们时，我们也在羡慕着别人。

认识笑笑之后，我更加明白，没有哪一种人生可以被我们定义为幸福或不幸福。因为，每一种人生都有它的精彩和存在的意义。就像玻璃和钻石，它们都有各自的价值。我们无论选择哪种生活，无论过着哪种人生，都没有对错。

有时候当你站在高处，被很多人羡慕，有过所谓的成功的时候，或许你最想要的就是简简单单地回到楼下看看风景。这也是为什么我们常常在桥上看风景，却不知道，风景里的人也在羡慕我们。

当然，生活很公平，若我们想要站在高处，就必须承担高处的寒风。

重要的是，我们最终想要成为什么样的人，过什么样的人生。我们每一个人都是一个不同的器皿，装着不尽相同的人生。无关对错，回首过往，笑看人生，如此安好。

人生的每一种选择，都是最好的安排

什么都可能经历，什么都会过去，往后余生，来者不惧，去者随意。所得，所不得，皆不如心安理得。当你站在十字路口时，每一种选择都是最好的安排。

2021年的春天，我有了一个可以引领孩子成长的亦父亦母的新身份。一直在努力适应新的角色，从些许的不安和担忧，到如今的游刃有余。坦然接受外界对我的质疑，并甘之如饴。我在享受新身份的同时，变得更加快乐、有力量。

"女性如何平衡家庭与事业"这个话题一直都有人热议，无论事业女性还是全职妈妈，其实都不容易，不同的是每个人获得价值感的途径不同。

有的女性需要在事业中去获得自己的价值感，或者换一种说法，她们必须选择先经营自己的事业而后才能有家庭生活，如果不是被生活所迫，不会选择走上创业的路；另外一类女性，她们在家庭的需要感里获得价值感，对于她们而言，家庭的重要性跟个人价值感画等号；而那些一边做事业一边家庭又很幸福的女性，大致都有一个背后支持她们的家庭。

在带孩子的那半年，总有人问我如何在带孩子的同时平衡事业。其实对于我而言，平衡不过是不同阶段的取舍。

我在适应新身份的同时，感受着另一种人生，也对生活和生命有了更深的理解。很幸运能以这种方式陪伴一个生命成长，与我而言，幸福多过负担。因为大儿子的陪伴，我可以名正言顺地拒绝很多不想参加的社交，顺理成章地拒绝不想应付的约会，快速结束一场不那么愉快的见面或工作，因为我要回家陪孩子，接孩子放学！

大儿子的出现，让我从儿童心理学的理论者成为一个实践者，让我体验了另外一种人生，更为我的写作素材提供了无数内容。那些在陪伴他的夜晚写下的作品，以及重新对于人生、工作的梳理和调整，都让我十分欣喜。

如果说前10年的选择思维和独立意识构建了我心灵和灵魂

的自由，从而让我可以自由地选择和把控生活。对于如今的身份，孩子的存在，让我在独立生活的同时多了一份温暖和细腻，也让我有了更多对事业的热爱，只为给孩子更好的生活。自由任性的我，在任何一个城市都可以独立生活的我，开始有了牵挂。

我除了给予他健康无忧的童年生活，以及与世界和而不同的自由，还在学习如何给他安全感，重塑和保护他的内心。

大儿子的存在对于我来说，是一种回归和治愈，我在陪伴他的过程中治愈了自己。他在学校，我在工作，回家之后我们彼此照顾，我给他做饭，他为我收拾碗筷、倒垃圾。除了工作日，周末出门玩耍，他去游乐园，我去书店，他自由玩耍，而我可以尽情地看我的书，写我的文章。结束之后我们回家吃饭，他画画，我看书。他自己会洗澡，然后上床睡觉。这些点滴都是我们生活里每天一直发生的。

当然，我所在的城市——贵州，节奏并没有北京那么快，2021年也确实没有那么多工作。所谓平衡，也有取舍。

平衡事业与家庭，本质上是我们在不同时期对于自我价值的取舍。无论事业还是家庭，选择后甘之如饴就是最好的生活方式。我们在不同阶段里的取舍，才是生活本来的样子，愿你我都对选择甘之如饴，奔赴美好的人生！

追光的人，坦荡且明朗

人生三大遗憾：不会选择，不断选择，不坚持选择。我们的生活都困在这反复的选择中，坚持已经十分不易，坚持初心更不易。

小时候的你，想象过自己未来的人生吗？你终将成为什么样的人？过上什么样的生活？嫁一个什么样的人？有一个什么样的家庭？

大多数女孩子心中都有一个公主梦，也曾梦想过长大后要嫁给军人，儿时的我就是这样的。好友倩倩就实现了这个梦——嫁了一个军人，现在定居北京，有很好的物质生活，有自己喜欢的事业。

倩倩跟老公在火车上认识，在缘分的牵引下，确认过眼神之想尽一切办法,去理解那个长在自己身体里的人,拥抱属于他最真实的样子。

清 单

- [ ]
- [ ]
- [ ]
- [ ]
- [ ]
- [ ]
- [ ]
- [ ]
- [ ]
- [ ]

> 幸福，取决于你看见了什么，而不是拥有什么。你看见爱，就会拥有爱。

清 单

- [ ]
- [ ]
- [ ]
- [ ]
- [ ]
- [ ]
- [ ]
- [ ]
- [ ]
- [ ]

爱的本质是让自己变得更丰富。
爱自己与爱他人都是如此。

清 单

- [ ]
- [ ]
- [ ]
- [ ]
- [ ]
- [ ]
- [ ]
- [ ]
- [ ]
- [ ]

明白自己凭什么获得别人的爱，也就知道该爱上怎么样的人。

清 单

教养是善待他人,修养是善待自己。要用心让自己看得见自己,别为了教养委屈自己。

清 单

顺其自然地迎接将来，自然而然地接受过去。接纳一切存在的多样性和世界不同的状态。

清 单

按自己的方式生活，按没有自己方式存在。

清 单

把放在别人身上的希望收回来放在自己身上，可保一世浪漫，一世欢愉。

清 单

- [ ]
- [ ]
- [ ]
- [ ]
- [ ]
- [ ]
- [ ]
- [ ]
- [ ]
- [ ]

生命的前半部分或许属于别人,活在他人的认为里,那么,接下来的时光,还给自己,去跟随你内心的声音。

清 单

- [ ]
- [ ]
- [ ]
- [ ]
- [ ]
- [ ]
- [ ]
- [ ]
- [ ]
- [ ]

回顾过去，没有什么让自己纠结的；预想将来，没有什么让自己担忧的；深入当下，自己是满足和喜悦的。就是最幸福和美好的生活。

清　单

- [ ]
- [ ]
- [ ]
- [ ]
- [ ]
- [ ]
- [ ]
- [ ]
- [ ]
- [ ]

成为完整的自己,都得经历过破碎的过程,至暗的阶段,包括身体和心灵,但请相信,一切都会过去的。

清 单

祝愿你能在悲伤里感到温暖，在愤怒里发现力量，在痛苦里看到希望。与自己明亮而温暖的相遇。

清 单

全力以赴去做你认为值得的事，工作或爱人，然后接受事与愿违。

清 单

- [ ]
- [ ]
- [ ]
- [ ]
- [ ]
- [ ]
- [ ]
- [ ]
- [ ]
- [ ]

不要看轻自己，不要屈服于外界，你值得一切美好。要看清自己，真诚的面对内心，坚信你就是独一无二的。

清 单

让别人做自己，不要让自己成为别人。

HANABI

清 单

- [ ]
- [ ]
- [ ]
- [ ]
- [ ]
- [ ]
- [ ]
- [ ]
- [ ]
- [ ]

没有比一天比一天更喜欢自己更美好的事儿了。

清 单

- [ ]
- [ ]
- [ ]
- [ ]
- [ ]
- [ ]
- [ ]
- [ ]
- [ ]
- [ ]

后，彼此确认对方就是对的人，自此由南到北，开始了她为爱奔走的故事。但再好的爱情，也会被时光磨灭，儿子出生后他们更是矛盾重重。但倩倩知道，他们之间的矛盾源于物质，因为她没有工作，也没有收入，所以整个家庭在北京的开销全部靠老公的津贴。

就在夫妻渐行渐远、感情临近破灭之际，出现了转机。2016年，倩倩趁着自媒体兴起的浪潮，开始了一边带孩子一边创业之路。虽然刚开始一个人很辛苦、很累，但她一直在坚持，不曾放弃。生活不会亏待每一个努力的人，倩倩的事业开始越来越好。销售团队从一个人发展到几千人，她也从当初那个需要靠老公养着的小女人，变成了可以让人依靠的大女人，成为老公的心灵寄托、孩子的榜样。倩倩的人生因为她的坚持变得精彩而灿烂。

经常听到这样一句话：这个世界上最不容易的就是女人，结婚前一个人打拼，结婚后还要照顾孩子和家庭。但是我想说的是，女人即便做了家庭主妇，也不能丢弃自己的初衷和理想。因为生活不只是眼前的苟且，它还有诗和远方。

当女人什么都没有，只一心想成为攀附男人的凌霄花时，他未必会高看你一眼。但如果你什么都有了，什么都不缺了，他反而会绞尽脑汁地想着怎么取悦你。只要你自己真正撑起来了，别人无论如何是压不垮你的。可是，一旦你为了家庭放弃理想和工作的时候，你就失去了独立的女性魅力和为自己生活买单的权利。

所以，每个女人都应该努力工作。只有当你足够优秀的时候，才不会患得患失。在你为了梦想不断拼搏的过程中，会渐渐蜕变成一个有品位、有修养、有魅力的现代女性。如果爱情没了，你不会一无所有，至少还有梦想和事业。

我问倩倩："这一路走来，遇到困难的时候，你有没有想过放弃？"

倩倩回答："说没有想过放弃也是骗人的。客户诋毁、不信任自己，一个人带着孩子打包发货，一个人深夜跟团队解决问题，等等，有无数个瞬间我都想放弃。但是自己一个人偷偷地哭完之后，还是会擦干泪水又继续干。我知道无论婚姻还是人生，都只能靠自己去经营和守护。"

我们女人的一生，可能像烟花一般绚烂多彩，可能像白纸一般单纯洁白，可能像红酒一般耐人寻味，也可能像白水一般平淡无味。不同的女人拥有不同的人生，不同的性格造就不同的际遇，不同的想法主导不同的生活。但是，不论你是怎样的性格，拥有怎样的思想，不能丢弃的是坚持初心。

人生最痛苦的事情，不是失败，而是没有经历自己想要经历的一切。所以，任何时候我们都不能放弃自己，哪怕到最后一刻。即使事与愿违，至少曾经的努力可以证明我们已经努力过了，坚持过了，无悔！

　　生活很公平，每个人的一天都是24小时，得失成败全凭自己。

　　坚持初心，向往美好，相信爱，期待爱，这样的女人真是可爱又迷人！

与原生家庭的和解之路

经常听到这句话:"幸福的人一生都被童年治愈,不幸的人一生都在治愈童年。"

人到底该如何治愈不幸的童年呢?朋友小 A 和小 B 的故事,让我找到了一点答案。虽然他们的家庭环境同样糟糕,但他们的人生态度却截然相反。

小 A 的父亲有暴力倾向,但母亲却很少反抗。这种成长环境让小 A 骨子里很消极,一遇到问题就自怨自艾,坚信遇到的所有不如意都是因为自己原生家庭过于糟糕。比如和妻子吵架,他不会想办法沟通解决,而是认为家庭让我一生都无法建立正常的亲密关系,我一辈子也就这样了。

小B的母亲患有双相情感障碍，情绪很不稳定，父亲又不负责任，常常在情感上忽视他。但小B的性格却极为乐观、积极，还通过自己的努力成了律师，婚姻也经营得不错，对身边的人有爱且温柔。虽然小B的原生家庭是不幸的，但是他很少埋怨家庭。他觉得，成长经历虽然给他造成了很大影响，但人生还是在他自己手里。

原生家庭同样糟糕的两个人，最后塑造的人生面貌竟是完全不同，是什么因素造成这样的不同呢？一个摆脱原生家庭和过往负面经历影响的人，做对了什么？

曾经，小B也和小A一样，糟糕无望的家庭环境让他成为"受害者"，陷入绝望的宿命论中。面对困难，他第一反应就是：我不行，我永远不行，身处这样的家庭，我还有什么希望？

而当小B觉醒后，意识到"家庭是无法改变的，唯一能改变的只有自己"。于是，他收起负面情绪，不再看着生病的母亲流泪，不再和父亲争辩，也不再与人抱怨，默默地做完该做的事，然后去读书。之后，他顺利读完高中，努力考上了大学，再读研，最终成了一名律师。他说："我会伤心，但不会再过分沉溺于原生家庭带来的痛苦。因为我人生的目标是未来的可能性，而不是与无法改变的过去斗个你死我活。"

相反，小A因为原生家庭的不幸遭遇，而产生了悲观的情绪和信念。习惯性地把失败的一切因素都推给原生家庭，形成了单一封闭、极端个人化、缺乏同理心等糟糕的心智模式。所以他处理事情的时候爱钻牛角尖，面对机会惯性逃避，导致生活停滞不前，无法改变命运。

世界上还有很多种可能性。

《你当像鸟飞往你的山》的作者塔拉·韦斯特弗，获得剑桥大学历史学博士学位，被《时代周刊》评为"年度影响力人物"。但就是这样一个人的原生家庭，却比一般人糟糕很多。

塔拉生于山区，17岁前从未上过学。她有5个哥哥，1个姐姐，是家中最小的孩子。父亲患有严重的精神障碍，脾气古怪，认为自己是全家人的掌控者，没有人可以违背他的意愿，固执地不送子女们去上学。塔拉的母亲则一味委曲求全，即使知道丈夫思想有问题，仍对丈夫顺从。而塔拉的哥哥肖恩，有家暴倾向，曾在大庭广众之下对她施加暴行。这样的家庭环境，给塔拉带来了无法弥合的伤痕。

塔拉是如何走出来的呢？25岁时，塔拉面临选择：是回到过去的生活，还是离开家人，找寻机会？在这之前，她的选择一直是家人。她明白父母的观念不合理甚至是扭曲，但也期待着他们的认同，渴望着归属感和爱。所以才一次次地退让，一次次地选择家人。但她也清醒地意识到，家人可能永远不会改变，也不会承认自己的错误。家庭能带给她的东西，十分有限且负面，充满压抑、困窘和自我怀疑。

后来，她的另一个哥哥泰勒告诉她："外面有一个世界，一旦爸爸不在你身边灌输他的观点，世界就会看起来大不一样。"于是塔拉做了一个决定：即使艰难，也要走出家庭，彻底为自己负责。

为此，塔拉挤出时间拼命自学，成了家中第一个上大学的孩子。她的努力让她有机会接受教育，教育则让她有机会从被家庭影响的思维范式里跳出来。

当记者问："你是从何时起，决定不再遵从父亲为你设定的框架而活，去寻找真正的自我？"她答道："我换了个视角去看待这一切，而不是拘泥于眼下发生的事。如果我的未来注定没有家人的参与和支持，我宁愿选择先主动离开。"

"认清自己，然后做自己"，这句话不是轻描淡写的口号，而是混合着血泪的挣扎，需要为之付出代价。这个视角的转换，就是改变固有心智模式的开端。

美国麻省理工学院教授彼得·圣吉认为："改善心智模式的过程，从本质上是把镜子转向自己。试着看清楚自己的思考与行为如何形成，并尝试以'新眼睛'获得新的信息，以新的方式对其进行解读、思考和决策。本质上，这是一个自省、学习、创新和变革的过程。"

我喜欢塔拉，不仅是她足够励志，更重要的是她代表的是一种对待人生的全新的思维模式。尽管她在这过程中有诸多纠结，内心也会孤独，家庭的影响还会继续。但最起码，她拥有了属于自己的人生。

有句话叫："认知和格局决定人的一生。"但遗憾的是，人们总是倾向于按照最初的认知去创造"现实"。成长于不健康环境中的孩子，极易被塑造成既定模样，形成不健康的心智模式，包括二元对立、僵化封闭、情绪化、选择性失明、非理智等。接着，他们又会不断吸引和强化自己原有认知的人和事，深陷本应逃离的"认知监狱"。

如此，人一直在恶性循环里打转，一生都无法实现自我超越。这时，修正家庭或环境已无太大可能，唯一的方式是——改变自己。真正的超越，未必是简单地逃离家庭，而是克服那个被错误影响的"旧我"。而打破这个旧循环，就需克服不健康的心智模式，建立新的心智模式。这样，才能真正挣脱过往经历的束缚，得到自我救赎与解放。

为此，在具体的生活中，你可以这样做。

1. 觉察与反思

多一些自我审视，看看自己是否有"为人生负责"的态度。努力和自己和解，不再和过去较劲、和世界较劲、和自己较劲、和痛苦较劲。自洽，是改变心智模式的基础。

2. 改变固有思维

特别要审视一些定式思维、刻板印象。比如：Ta那么有钱，一定是靠别人吧；Ta那么幸福，家庭条件一定特别好吧。改变极端、狭隘的思维模式，建立更开放的认知，才有机会拥有更广阔的视野，构建起更加理性、自信的自我。

3. 持续学习

养成向不同的人、用不同的方式学习的习惯，如读书、观影、旅行、体验新事物等。遇见不同环境、不同经历、不同个性的人，会让我们的心态更开放，看到自己世界之外的更多可能性。如苏格拉底所言："知道得越多，才知知道得越少。"

4. 通过小事突破自己

改变心智模式并非一蹴而就，而是在一些很小但又不简单的挑战里得到突破。例如，勇敢在会议上发言，尝试一个新的项目，看一本理论性很强的心理学书籍，等等。另外，如果受环境影响很大，就尝试换一个更加积极、开放的环境。人的一生都有机会进行精进与改良。

当你不断努力建立开放多元的心智模式，以开放的态度看待他人和世界，不故步自封，你会感到内心有股力量升腾而起，让你不再自我批判，而是寻找并创造新机会。

至此，你就会走入"改变心智模式—改变境遇—进一步修正自己"的正向循环。

那些在缺爱的环境中成长，和原生家庭保持适度距离的人，反而更幸福。或许正是在经历了无数次绝望之后，他们学会了为自己负责，建立了健康的心智模式。想起一个歌手分享过她十几岁时发现的一个问题：父母真的没有精力，也没有意愿来管自己。于是，她说出了那句对我影响至深的话："有一天我突然清醒了，要是我不打起精神，任谁都不会为我的人生负责啊。即便那个人，是我的父母。从那一刻起，我开始彻底转变。努力改变，试图影响或决定自己的命运。"

愿你也能决定自己的命运。世界和我爱着你。

照顾好自己，才是对父母最大的孝顺

现在大多数年轻人，总是因为各种原因用命换钱，再拿钱来孝敬父母，在这样自以为很孝顺的循环里兜兜转转。但我们误解了孝顺，也误解了责任。真正的孝顺不以钱来衡量，却必须用生命的长度和陪伴的温度来保障。

小时候，我们总是追着父母远去的背影哭泣，肆无忌惮地哭泣，仿佛越大声越能让父母多待一点儿时间。渐渐地，角色转换了。我们在假期回家短暂相聚后离开的时候，父母开始看着儿女们的背影。我们甚至可以清晰地看见妈妈的泪水在眼睛里打转，却连忙转过身，不让我们看见。

跟大多数在异地生活、工作的人一样，我每年回家陪伴父母的次数少得可怜，每次回家都来去匆匆，连春节也不过是在家待半个月而已。一开始，我总以为自己只有足够努力地工作，赚更多的钱，变得更加强大，给父母提供幸福安稳的晚年生活才是最好的孝顺。但后来渐渐地发现自己错得离谱，其实父母要的只是我能健康、快乐。我能照顾好自己，对他们就是最好的孝顺。

因为我的工作总是会长期频繁地出差，没有固定的城市，所以每次跟妈妈聊天时，她的第一句话总是问我在哪里。那时候，我总会觉得十分心酸和难过。对于很多强大而独立的人而言，无论在外人眼里多么强大，在父母面前依然还是一个需要被照顾的孩子。父母也是这个世界上，只需要用一句话，就可以让强大如钢铁般的你，瞬间泪如雨下的人。

独自在外生活的人，一定有过这样的经历和体验：仗着自己年轻，总爱折腾自己，作息不规律，饮食不健康，最终大病一场。有一次出去讲课，因为长期饮食不规律，我在几百人的会场晕倒了。到了医院，医生说我是阑尾炎，却不能动手术，之后还说了很多病理知识，把病情描述得很严重。

我回病房以后，第一件事情就是订第二天的机票，立刻回家。当时因为害怕，我全然顾不得父母会担心，心里甚至做了最坏的打算，哪怕在手术台上醒不过来，也要在父母身边。回家以后，我的身体一天天变好了，或许身体状况本来就没有那么严重。

那几天，我在家里打吊瓶，妈妈陪我坐在沙发上。我精神抖擞，看不出一点病态，她坐在一边絮絮叨叨："跟你说多少次了，自己一个人在外面要注意身体，不要经常熬夜。现在好了，又要打那么多针、吃那么多药，多受罪！"

当时我嫌她烦人，忍不住怼了回去："我输液已经够难受了，您就别再叨叨了。"

"你疼我也疼啊！"她脱口而出，又站起来叹气，"妈妈恨不得替你挨着，可是又不能。"

我鼻子一酸，匆忙别过头去，所有的话都被哽咽的喉头堵了回去。

其实，始终都有一条看不见摸不着的纽带联结我们，把我所有的不适和疼痛都源源不断地反馈给她。所以妈妈常常说："你平平安安，健健康康，爸妈才能放心，也就能开开心心。"

天下父母，莫不如是。

从那次以后，我不敢再让自己有一丝懈怠，不敢让自己生病。因为我知道，对远在千里之外的父母来说，我的健康才是他们最大的幸福和需求。

之前一个做化妆品公司的客户，是跟我妈妈差不多年纪的姐姐,她喜欢我叫她兰姐。兰姐的儿子比我还大两岁,在上海工作,一年也回不了几次家。小伙子粗枝大叶,他们老两口的一颗心便终年都七上八下地吊着。听到儿子说胃疼,就怕他没好好吃饭;一说聚会,又怕儿子酒喝得太多;天气预报说有雨,便忙不迭地打电话提醒他带伞……外人劝老两口少操些心,他们苦着脸说:"没办法啊,那孩子对自己的身体一点儿都不上心。"

儿女的饥寒冷暖,几乎就能决定父母的欢喜悲忧。所以为人子女,对自己多一分用心,远在家乡的爹娘就少一分忧心。

人生有四悲:早年丧母、青年丧父、中年丧妻、晚年丧子。其中最令人绝望的痛,又当属白发人送黑发人。子女的提前退场,无异于将生命的最后一个支撑无情抽离。这苍茫人世间,便再无希望和明天。

有一个真事儿,说的是一位年过半百的父亲,给患尿毒症的儿子捐了肾。父亲只想把死亡边缘的孩子拉回来,割一颗肾算得了什么?如果可以,他愿意把自己的命都豁出去。手术很成功,来自父亲的肾脏在儿子体内有力地运行着。康复后的儿子回到校园,但离开父母监管的他,却开始随心所欲地打游戏、熬夜、喝碳酸饮料,把医生的嘱咐抛到了九霄云外。没过多久,父亲给的肾就坏了……

许多人责怪这孩子，说他辜负了父亲给予的第二次生命。但这些人都没意识到，自己可能正在糟蹋父母给予的第一次生命。熬夜的人总是很多，放纵口腹之欲让垃圾食品穿肠而过的人也比比皆是。在病魔未来临前，我们意识不到生命的可贵，更意识不到自己对身体的糟蹋，已是对父母最大的辜负。

史铁生说："儿子的不幸在母亲那里是要加倍的。"同理可得，儿女的病痛在父母那里也是要加倍的。

几天前，看见一个初为人父的朋友发了一条朋友圈："女儿第一次打针，感觉心都要碎了。"细问才知道，不到一岁的小女儿被流感传染，断断续续地咳嗽了好几天，最后不得不输液治疗。孩子手上的血管太过纤细，针只能从头部扎入，小女儿哭得撕心裂肺。我这个七尺大汉的朋友竟也红了眼眶，只觉得一颗心又苦又涩。他说："那一刻我就在想，只要她健康平安就好，以后成绩差点、收入低点，都没有关系！"

做父母的固然会望子成龙、望女成凤，希望用子女挣来的荣光为自己的暮年增添一抹亮色，托起日渐坍塌的余生。但在人人只有一次的生命面前，所有的要求和渴望都可以退而求其次。

我相信大部分父母都和我的妈妈一样，不太关心你飞得有多高，却无比在意你飞得累不累。生命有多珍贵，创造生命的人最懂得。

那么回到主题来，孝顺到底是什么呢？

有人认为是拼命赚钱，为父母买大别墅、请保姆照顾，弥补他们这大半生的操劳；有人认为是功成名就，让父母脸上有光，受到别人的尊重和爱戴；有人认为是嘘寒问暖，记挂父母的饥寒冷暖，把一天天老去的他们照顾得无微不至。

这些当然可以作为衡量孝顺与否的硬指标，但以上的一切，都以子女们好好活着、健壮安康为前提。一个病恹恹的身躯，如何撑得起"孝顺"二字？一个失独家庭，又从何处获得幸福的动力？

你的身体并不仅仅属于你一个人，它是稚子所有的仰仗，是伴侣余生的希望，也是父母晚年的全部寄托。

拿什么来孝顺父母？

不如先戒掉熬夜，好好吃饭，认真过好今天！

生活即旅行，总在不断出发和抵达

　　生活是经历酸甜苦辣的时光之后，你依然相信梦想和美好。无论怎么样的经历体验，都是生活最好的安排。

　　在你儿时的梦想里，有没有想成为一名空姐？穿着时尚的制服、化着美美的妆容，优雅地飞行于空中。你有没有想过自己拥有千万元时要做一件什么样的事情？你是否预测过自己的28岁会经历怎样的人生？

　　潇潇在最好的年纪成了无数人羡慕的样子，拥有一份无数人羡慕的工作，之后又在无数人的艳羡声中默然辞去外表光鲜亮丽的工作，成为一名创业者，为自己的梦想而努力。

　　8年的创业时光里，潇潇从一无所有到应有尽有再到一无所有，从一个人创业到拥有千军万马的团队，从一个小代购到拥有自己的公司，从一个默默无闻的创业者成为拥有千万身家的创业女神，又经历多次波折，与千万财富擦肩而过。各种故事和经历，各种痛苦和心酸，完全无法用文字表达。

初识潇潇，总在朋友圈看见她美美的照片和创业故事。那时我在想，这个女孩背后经历了怎样的故事，才活成了今天这般模样？而后相见，发觉这个"90后"的女孩身上带着那么大的能量和故事感。第二次相见，听她亲自讲述自己的人生经历和创业故事，我对这个走路带风的姑娘产生了别样的情绪，突然很想抱抱她，心疼她，想要守护她。

我们有太多相似的地方，同样来自农村，儿时的经历让我们都拼命努力，拼命想要快点成长，立志要赚钱，成为父母的依靠。潇潇在20岁时，顺利成了一名空姐，成了别人眼里羡慕的模样，也终于成了父母的骄傲和依靠。然而，外表光鲜亮丽的职业并没有给她带来成就感和财富上的预期，也因为不喜欢那个复杂的环境，她选择了辞去别人羡慕的工作，开始了创业生涯。

起初因为不懂行业规则，潇潇将自己仅有的几万块积蓄全部赔掉了，变得一无所有。她独自一人在出租屋里流泪哭泣时暗下决心，自己一定要成功。之后，她开始做起了代购，一个人扛着很重的代购物品行走在香港的街头,又一个人提着很重的物品在拥挤的地铁里穿梭。那时,她小小的身体里有着大大的能量。

潇潇给我描绘过一个细节,在一次代购途中,代购的奶粉坏了,不但她那一趟所有的辛苦都白费了,还要自己贴钱,当时的她坐在香港街头声泪俱下地大哭。听到这里,我的眼泪情不自禁地掉了下来,仿佛能够想象和感知到她当时的无助和心酸。如果你以后也在某个街头看见这样无缘无故哭泣的女孩子,请多给她们一些善意或者一个拥抱。

而后的潇潇开始互联网创业,团队从一个人到上万人,从那个当初为了奶粉坏掉而哭泣半天的姑娘,成了可以给予家人和团队所有人安稳生活的女子。

你以为我只是在讲述一个女孩子奋斗逆袭的故事吗?不,她的故事远不止这些。

你是否预想过自己事业有成,公司发展顺利,当你年终就要分红,甚至已经看好海边的别墅,准备送自己一个新年礼物时,却在一夜之间,变得一无所有,与千万财富擦肩而过?那时,你会是何种心情?我曾经也有过类似的经历,只不过不及千万。那时,百万的数字已经让我处在崩溃的边缘,我无法想象当时的潇潇该如何面对。

而潇潇淡然自若地调试好心情，重新出发。经历过多番起伏之后的潇潇，成了那个更加自信和淡然的姑娘。

后来的潇潇，满脑子都是前途，她开始搞钱、搞事业、搞学习；睡得越来越早，也越来越喜欢锻炼，开始学会爱自己；不再纠结焦虑，不再自卑害怕，开始去追求有意义的人和事；开始变得理智，不再冲动地选择任何人；开始变得清醒，不再相信别人画的大饼。

潇潇偶尔也像个孩子，一天800个情绪，随后又自渡、自愈。她慢慢地找回了自己的快乐，不再因为别人而难过。虽然有时也会有烦心事，但她已经有了治愈自己的能力。

现在的我们依然在为梦想努力着，虽然经历各种狗血和挫折，但是从未放弃过对美好生活的向往和追求。我们的心中都有诗和远方，为了自己的梦想不放弃。

我想真正的强者都会被安排不一样的境遇和经历，你想要得到别人未曾得到的，你就必须付出别人不能付出的，这句话是永恒的真理。

哪有什么岁月静好，每个人都是劫后重生。

路要一步一步地走，苦要一口一口地吃。人生从来没有捷径，唯有努力才能看见彩虹。要记得：没人扶你的时候，自己站直，路还长，背影要美，美好都在坚持之后才会出现。

晚风吹人醒，万事藏于心，花自向阳开，人终朝前走。祝你，祝我，祝她，祝我们！

CHAPTER 05

如果生活好一点,我就去看你了

被"红色玫瑰"带走的少年

路过庄园却只思念一朵玫瑰,我见过星河,但只爱一颗行星。

玫瑰这样的美好炙热的存在,大意是为了让我们感受爱和仪式感。人们常用各种玫瑰来表达感情,而我自少时开始,就不喜欢红色的玫瑰,甚至有点厌恶,在曾经的一段时光里还有些恐惧。起初不喜欢只是单纯觉得红色太过热烈和艳丽,实在跟年少自卑、怯懦的我不适配。

而后遇见王先生,我们相处时的每一次仪式感,有香槟玫瑰、粉玫瑰,唯独没有红玫瑰。某天聊起过这个话题,温柔笑着的王先生看着我的眼睛回答:"红玫瑰象征大多数人的浪漫爱情,我们是彼此的唯一,不是只有红玫瑰才能代表爱情。"那一刻,我的内心像是被什么东西击中了，笑着笑着就哭了。原来从一开始，他就看透了我所有的自卑与傲气，知道我所有的 B 面，并且用最恰当的方式保护了我所有的自尊。

少时的我脆弱、敏感、拧巴、自私、自负。如果没有被美好、炙热的王先生真诚、温暖地爱过，就不会有如今的我，甚至如今的我也许已经不在这个世界上了。

被王先生用心爱着的那些时光，治愈和救赎了我。

不是每一朵玫瑰都代表爱情，而某些爱消亡时，却有玫瑰相伴，满地都是"红玫瑰"的那一天，也带走了那个少年。

王先生留在这个世界的最后关照，是要让他的家人照顾好我，继续尽力守护着我。他甚至安排好了我未来的生活，那些我们曾经共同畅想的未来，他都细心地帮我安排好了。因为王爸王妈想减轻我的痛苦，并没有第一时间通知我王先生的情况，所以我们并没有见过真正意义上的最后一面，我也没有出席他的告别仪式。

我们之间的最后一次见面是在一个夏天的午后，阳光炙热地烘烤着大地，如今好像还能感受到那天的温度。王先生笑着说下周见的样子，仍历历在目。我们最后一通电话，赌气争论时，他无可奈何的语气像刻进脑子里一般清晰。

王先生走后，我们之间的点滴在很长一段时间内是我的梦魇，也是唯一的救赎。看见朋友圈有人晒汽车后备厢的鲜花、大屏幕的告白、牵手的照片时，总能想起与王先生一起经历的场景。

王先生离开后的第二年生日，我去看望王爸王妈时，无意间发现了当时的责任认定书和现场的照片，原本的香槟玫瑰被血染成了红色，满地都是飘落的花瓣。此后很长一段时间里，我对于红色的玫瑰，甚至是红色，都带着恐惧，看见红色就会不自觉发抖，会突然停下来，大脑一片空白。这种状态在看了半年的心理医生之后才慢慢缓解，红玫瑰也成了我生活里的禁忌。

远离红玫瑰的原因，我再也没有跟其他人提及，直到某位少年连续6年每年表达心意都会送红玫瑰后，我终于鼓起勇气告诉了他这个故事。

好像从决定告诉那个同样热烈的少年关于王先生和红玫瑰的故事之后，我对于红玫瑰开始慢慢释怀。在2023年的情人节，一个很久不见的可爱的妹妹，送了我一束红玫瑰，那一刻我忽然发现，自己已经不讨厌红玫瑰了，甚至觉得红玫瑰让素来淡雅的日子，有了新的感觉。

这一切的变化，源于我这些年的成长，从接受到和解，到放下，再到找到自己。我们每个人内心的那个小孩，总是希望有人来陪伴和照顾。但是，一个人的成长、更新，都是每个人独自去完成的。

这正是人与人之间亲密关系的矛盾和冲突之处，每个人既有需要别人陪伴的一部分，也有与其他人格格不入的另一部分，比如不喜欢身边有人，不喜欢被别人打扰等。正如叔本华所说："人就像寒冬里的刺猬，互相靠得太近会觉得刺痛彼此，离得太远又会感到寒冷。"

现实生活中，我们只要被人坚定地选择过，哪怕只有一次，都会让我们无所畏惧地去做很多事。被坚定地选择从来不是权衡利弊，而是单纯的喜欢，即使全世界都漠视你，也会有个人在你失意时对你说：没关系，你还有我。

希望我们都可以拥有明确的爱，真诚的喜欢，直接的拒绝，站在太阳下的坦荡以及被人坚定地选择。

永远心动,永远闪亮

追星,是因为我们可以在偶像身上看见一种力量。偶像是我们尊敬和欣赏的榜样,进而相信我们自己也可以变得越来越好。我们借着偶像发光,因为喜欢偶像而成为更好的自己,取得更好的成绩和成长。

相信很多人都曾梦想过,成为闪闪发光的人吧!

粉丝经济的延伸,让偶像市场一直非常火热,从当年的"快男",到"超女",再到如今的"乘风破浪的姐姐"。其实我不追星,也从未想成为明星或是公众人物,因为我明白,欲戴皇冠必承其重。

所以,在我的梦想里,没有要生活在聚光灯下的选项,尤其在创业之后,我更明白一个道理:你要享受多大的荣耀,就要付出千万倍的努力。你想要站在那个舞台上被无数人喜欢，就要背负也许难以想象的压力。

所以我对成为明星或偶像，一直都没有太多的憧憬和向往。反而会觉得他们好辛苦，一边欣赏、佩服他们，一边又很心疼他们，同时也庆幸自己是个普通人。

像我这样的人，真的没有办法无时无刻被无数人监督。因为我真的太爱自己，太会放过自己，无比会偷懒，太想要自由。而那种所有的生活都被无限放大的状态，真的很不容易，很辛苦，也很无奈。

身边有很多演员、歌手、网红朋友，跟他们相处的时候，一边被他们那种努力和自制力折服，一边看着他们对很多事情都无可奈何。

在他们的世界里，商业价值很重要，粉丝很重要，外界的声音很重要。他们每一个人都很努力，也很辛苦。所以每当我看到那些公众人物时，看到的不是他们光鲜的外表，而是他们背后的不容易。他们背后一定付出了很多努力和代价，熬过了无数个深夜痛哭、无人问津的时刻，才能闪闪发光，如此完美地站在舞台上。

我认识的所有公众人物，都有轻度焦虑或者抑郁症，名气越大越焦虑不安。所以，他们大部分人都会给自己找一个寄托，或者信仰。

作为公众人物的家人，其实更是一种对内心的考验。我也算做过公众人物的家人吧，我的前任是一个公众人物，我们在一起一年半的时间，没有人知道我们在谈恋爱，包括我们之间的共同好友，以及他的经纪人。不公开，除了是因为合约的问题，更重要的是怕掉粉，当然我也很怕被网暴。出于我们彼此的考虑，我们都觉得还是不公开比较好，现在也无比庆幸没有公开过。

有人说："偶像的存在，是因为有无数粉丝倾注了感情与金钱，偶像就是要成为'大众情人'，满足粉丝的喜爱和期待，所以偶像是没有资格谈恋爱的。"也有人说："偶像也是人，有自己选择爱人的权利，只要不被粉丝发现。"我们属于后者，从在一起到分开，到如今，我们都庆幸没有被公开。我们的感情纯粹、简单，都在用对彼此最好的方式对待这段感情。

我们在一起的一年半中，我深刻认知到偶像这个职业有多么艰辛，以及他们被定义为商品的无可奈何。因为要表演，他们要不断地练习音乐和舞蹈，直到把它们形成肌肉记忆。他们从来不吃碳水，而且有的人无论多晚收工，都一定会再跑10公里，无论多累，也会关注粉丝对于作品的评价和所有跟他们有关的信息。

前任会经常说，因为他是公众人物，一言一行都会被无限放大。如果不能管理好自己，不好好精进自己的业务水平，其实就是一种失职。因为粉丝不会喜欢一个50分的偶像，市场也不会接受一个50分的商品。

那段时间，我既心疼他的努力，又钦佩他清醒的自我认知。我们之间最长的对话，不是普通情侣的彼此关心，而是理清彼此的情绪。他会一边怀疑自己，一边不得不努力练习，焦虑不安更是常态。而我们能在一起的最大因素就是，我能给予他安心与轻松。

在很长一段时间里，他情绪低落、焦虑不安。面对恶评和公司不合理的工作安排，他只能默默忍受，独自消化内心的挣扎与恐惧，变得敏感而脆弱。

因为想要更好地支持和陪伴他，我会提醒他：相比外界的评价，要更关注内心的自己，我们每个人都来自不同的成长环境，喜欢与讨厌的东西都不一样，没有任何人可以被所有人喜欢，与其绞尽脑汁，却又徒劳无功地想着如何去活成别人喜欢的样子，倒不如努力去活成自己喜欢的样子。公众人物接受了多少关注和喜欢，就要接受相应的质疑和诋毁。

用心做好自己，不遗憾选择，不后悔付出，就是对喜欢的人最好的爱和回馈。

我们退回到朋友身份的原因是，在某一个时间段里很想结婚，但我们知道，对方不是合适结婚的人，也是因为当时的彼此都不够强大。我们刚成为情侣的时候，我其实挺不知所措的，因为我们不管从哪方面看，都不像是可以适配的人，更不是一个圈子和世界的人。我们遇见而后在一起的选择，对我们彼此来说，都是一种美好的人生经历。

一定是特别的缘分，我们注定要陪伴彼此一段时光。我无比感谢他让我更加了解自己，学会了跟这个世界相处。也因为他，我对努力发光的人有了全新的认知。那些在舞台上闪闪发光的人，他们真的都值得被尊重和理解。无论是谁，想要多大的赞美，就要承担多大的诋毁和质疑，人生的每一种幸运，从来都是努力的结果。

比起做一个偶像，成为公众人物，我更愿意过普通人的生活，可以想吃什么吃什么，想去哪里去哪里，想做什么做什么。只要不违背法律和道德，想过怎样的人生都可以。不想努力了，可以给自己放假，可以摆烂，可以随心所欲去做一些事情。

今年5月，我去看了他们的现场演出。时隔多年以后再在现场看他的表演，他更多了几分成熟和魅力，他们团队的所有人也越来越棒。

之前真的不是特别了解，为什么有那么多追星女孩会为偶像疯狂应援。现在才明白，是偶像对于舞台的热爱、生活的热情、事业的用心，值得被更多人看见，偶像用作品和舞台回馈粉丝，而粉丝用更加积极向上的态度关注偶像的作品，这是最美好的双向奔赴。

愿所有追星的男孩女孩，在被偶像照亮，成为更好的自己的同时，更关注自己，更爱自己，与偶像共同奔赴闪闪发光的人生。

我深爱我们一起相处的日子，胜过世间一切

很多人的青春里，一定有一个难以忘怀的人，想起他，我们会笑，也会遗憾。有些故事，有些人，注定会成为我们人生中无法割舍的过去。所谓岁月变迁，就是同样的时节，伊人却早已不再，因为时光的变迁，我们的心境也变得不一样了。

有人喜就会有人忧，有人来也就会有人走，几家欢喜几家愁，这才是人生的常态。

这几年，对待一些事和一些人，也渐渐地不再像以前那般执着，无所执也无所忧，岁月沉淀中，比以往更加懂得生活的意义。

每段时光，都会给我们带来一段或数段难忘的记忆，年少时的经历更甚。那个为你奋不顾身付出一切的人，那个对你细致入

微的人，那个为你挡风遮雨的人，有一天突然离开以后，不要哭，要笑着祝福，因为曾经刻骨铭心过。

时过境迁过后，再回忆那段时光，想起那段青春，在心里默默地对那个人说："嗨，谢谢你，现在的我很好，这些年的我，一直很勇敢、很独立、很快乐。"

幸福，其实就是在你最无知和任性的时候，遇见了可以用生命和时间守护你，然后教会你什么是爱，什么是成长，让你变得越来越好的他。遗憾，或许就是当你回首往事时，那个让你成为最好的自己的人，已经消失在人海。

大火的《前任3》，狠狠刺痛了无数人的内心，让无数人忍不住想起某个人，回忆起某段岁月。结尾台词："至尊宝要在痛失紫霞之后才能变成孙悟空。"我想，当时的至尊宝如果知道会是这样的结局，他一定会选择自己永远是至尊宝，不要变成孙悟空。

当繁华逝去，终守得所爱之人，相濡以沫，相伴到老，相拥而去，这是无数人毕生的梦想吧。但我，却不曾羡慕过嫁得良人，执子之手的任何人。因为曾经遇见过王先生，曾经拥有和得到过这个世界上最好的幸福，至此，不会仰望别人的幸福。

如何有一天我们可以在某个时空再遇见，我想问他："如果人生可以选择，时光倒流，你还会选择遇见那个时候让你头疼、无奈，如此任性的我吗？"

其实我知道他的答案，还是会。就如即使时光倒流，无论吃再多苦，纠结执念再多，我也依然会义无反顾地跟王先生遇见，只是我一定不会再像之前那么任性。

我知道，在下一个路口，我的未来，天堂的王先生依然会用心守护。放心，现在的我，特别听话，我也很乖，可以满足他一切的期望。

电影《泰坦尼克号》最让我感动的3分钟，是男主死后，女主并未殉情，而是听男主的话，好好地生活，去尝试有趣的事，去爱自己。她用生命中的每一天去践行曾经的诺言。

我知道，除了父母，王先生是这个世界上最希望我幸福和快乐的人，我也一直在很努力地照顾好自己，未曾辜负和忘记他的托付和期许。我想对他说："天堂的你，放心吧，别再记挂和担心我。"

如今的我，一直在很努力用心经营生活，沉浸在自己的小世界里。只有试过的人才知道，这是一种怎样的快乐和幸福。因为那些已逝去的人，让我们的生命阳光灿烂，格外地精彩。祝福看到这篇文章的你，能够幸福、快乐直到永远。愿你身边有爱的人，做着喜欢的工作，吃着喜欢的食物，成为自己喜欢的样子。

爱以不同方式存在，并不是每种都放了糖

你的青春里，有没有遇见那些爱而不得的人？你的世界里，有没有出现过一个你深爱却不属于你的人？有些人，明明知道没有结果，却忍不住动心了。余生漫长，我们都不知道下一秒会发生什么，但生活就是如此，不是所有付出都会有一个结果。

馨儿，一个来自苏州小镇的"90后"女孩，长相甜美。她从小父母离异，跟着母亲生活，所以自然而然地养成了独立、拼命的性格。

馨儿很早就离开家人去上海打拼了，经过几年的努力，拥有了自己的服装品牌和化妆品公司，是同龄人中非常优秀和耀眼的姑娘。

馨儿和 A 先生是在一次朋友聚会上认识的，A 先生是"80后"，某知名企业的 CEO，年轻有为，长相英俊帅气。虽然聚会中的 A 先生很有气场，把控着全场的节奏，但馨儿并没有那么在意，因为那时馨儿有一个长相帅气、家境不错、工作体面且交往了两年的男朋友，虽然分隔两地，但是两人的感情很稳定。

饭局之后，朋友们建了一个当天的聚会群，A 先生在群里加了馨儿的微信，两人的纠葛从那一刻起好像就注定了。

馨儿每天工作很忙，有时候连跟异地的男友视频的时间都没有。或许是长期一个人独立、坚强的原因，馨儿的内心其实是渴望被照顾和宠爱的，但异地的男友也是一个不会甜言蜜语的人，只想给馨儿足够的空间，馨儿说累了，男友就乖乖挂断电话，不再打扰。

这个时候的 A 先生，几乎每隔几天就会给馨儿发一些关心的微信，寄一些养生保健的小礼物。渐渐地，馨儿开始信任甚至崇拜 A 先生，觉得他不仅对她百般照顾，还事业有成、温暖、细心。

但是馨儿忽略了 A 先生有家庭的事，A 先生的妻子是跟他共同打拼、白手起家的人，两人还育有一个 7 岁的儿子。对于一个从小缺爱的女孩来说，A 先生的示好对于馨儿是致命的，于是，馨儿渐渐陷进去了，开始不自觉地跟A先生分享自己身边每天发生的事情和小情绪。

半年之后，A先生到馨儿的城市出差，他们像久违的老友，聊了很多，也喝了不少，那天应该发生的，不应该发生的都发生了。事后馨儿很后悔，觉得自己这样不仅对不起自己的努力，更对不起自己的母亲，因为当年馨儿父母的感情就是因为另外一个女人的出现才破裂的，所以馨儿告诉自己，永远不要成为那样的女人。同时，馨儿也觉得很对不起异地的男友，所以她打电话跟男友说了实情，两人分了手。

而馨儿跟A先生的关系，从那次以后就变得很微妙。馨儿一边不允许自己继续陷入这段危险的关系，让自己每天活在自我质疑里，一边又身不由己地跟A先生纠缠着。

祸不单行，因为一些原因，馨儿的合作伙伴带着自己公司的直营团队和技术，成立了另外一家化妆品公司，馨儿的公司因此受损严重，几乎濒临破产。馨儿首先想到找A先生帮忙，缓解燃眉之急，A先生却再也没有了回信，电话、微信、短信都极少回复，即使回复也只是："你能解决的，我在忙。"

馨儿很痛苦，想当面找A先生说清楚，于是去了A先生的城市。虽然见到了A先生，但A先生的回答却进一步击垮了她，

A 先生说："从一开始你就知道我结婚了,我什么都给不了你,我有自己的家庭和孩子,我爱我的老婆和孩子,也不可能因为这样的事情影响家庭和事业。我们一开始就是你情我愿,而你跟我在一起的时候,不是也有男朋友吗?"A 先生的话将馨儿彻底推入谷底,也让她彻底清醒了。

之后,馨儿折现了公司,准备从头开始。

或许馨儿不应该明明知道 A 先生有自己的家庭和妻子,还要默许和接受 A 先生的种种要求;或许 A 先生这样的江湖老手,情商高到懂得如何让馨儿这样的女人投怀送抱。我们无法判断谁是谁非,遇见谁,爱错谁,都是自己的选择。

所以我常跟身边的姑娘们说,也是告诫自己,不要用自己的青春去陪伴一个根本不属于你的人,人生那么短,不能浪费在不值得的人身上。

女孩,你可以犯错,但要懂得在错误中总结经验,下一次才可以更好地再出发。女孩,你可以一无所有,但你不能失去对美好的向往和对未来的憧憬。

在我们的人生路途中,或许都会犯错,去走一段自己不喜欢的路,但那又怎样?正因为我们经历过,体验过,以后的人生才会更加美好和精彩。

我们必须有勇气去面对错的事，错的人，和他们告别，然后接受这些阵痛。

总有一天会明白，能治愈你的，从来都不是时间，而是心里的那股释怀和明白。爱自己，强于很多人爱你。

爱生活里的种种小悲伤、小欢喜、小意外

年轻的时候,少有人能够独立建造自己的精神世界,所以很多人常用爱情、友情、社交以及各种错误的行为来填充自己的精神世界。

在填充的过程中,我们要明白,这是人生必须要经历的一系列过程,而不是什么了不得、接受不了的结局。遇见了什么人、什么事都不是重点,暂时的失去,以及暂时的拥有也不是重点,在这个过程里我们有怎样的成长才是重点,把这种看待事情的态度和觉悟放进自己的内心,成为一种习惯才是重点。

只要能从每一种小失望里去看见自己每一次的小成长,就足够了。

我人生中几次关键的成长都源于亲密关系。身边的朋友都知道，我跟前任的关系，实在是太好了，某种程度来说，他们是我生命里的贵人，在不同阶段陪伴我成长，也在不同阶段带着美好的祝福告别对方。

我的爱情态度是在一起快乐、幸福就好，如果彼此在一起不快乐，感觉不到幸福了，那就留住曾经的美好，毕竟我们在一起或者分开都为了快乐、幸福。

初恋用 3 年的宠爱和陪伴，教会了我爱与被爱，把最初脆弱、敏感、拧巴、自傲里带着自卑、外强中干的女汉子的我，变成了一个自由、温暖、快乐的人。他的爱和陪伴，让我拥有了美好而快乐的青春时光，但他的生命却永远停在了 24 岁。在他离开这个世界之后，他曾经的爱与温暖，依然陪伴着我。

当然，我也经历过爱无能的阶段，在初恋离开之后的很长一段时间里，我失去了爱的能力，更别说打开自己，去迎接爱的状态了。

因为没有爱的能力，对爱产生了发自内心的恐惧，不敢想象自己进入一段亲密关系时的样子。一旦处于亲密关系当中，我就会开始执念感情里的得失。所有的猜忌、恐惧、怀疑、小气、吃醋，都会和爱一起跑出来疯狂地扑向对方。放不过自己，也饶不过别人。

在这样的亲密关系里，查手机里的外卖订单、查微信、查是否有跟其他人的暧昧短信、查行车记录仪等，这样疯狂又无趣的状态持续了3个月，始终没办法说服自己，也没办法安慰爱人。

所幸，遇见的前任都是很好的人。当我疯狂又无趣时，他允许和被动接受我所有的情绪，在我们和平分开的那天，他跟我说："我们成为朋友多年，跟你在一起以来，我一直觉得自己配不上你，你那么耀眼和闪光，而我们在一起之后，你没有变得更好，反而变得患得患失，我不想让你失去属于你的梦想和舞台，你应该拥有更好的生活和更好的人。"他的一番话，让我醍醐灌顶。是呀，这一路走来我被无数人守护，也吃过那么多苦，为什么要委曲求全？

于是，我开始学习放下恐惧，放下自己的固执，慢慢找回年少时那样炙热而自由的爱，只是单纯的爱，没有任何附加条件，也不再执念付出之后是否有回报。当我们拥有一个完整的自己时，才有能力去爱。

上一个前任，他的出现破除了我从初恋离开之后的自我困局。我们本不是一个圈子和世界的人，他是公众人物，有很多粉丝，帅气而美好。我们如两条平行线，却在那个阶段遇见，陪伴和治愈着对方。

下面是我这几年关于亲密关系的感悟和心得，希望可以与大家共勉。

爱是人类最深沉的情感之一。而在亲密关系中，爱的能力能够塑造我们的人格、增加我们的智慧，使我们得以成长和进步。亲密关系是一个相互依存、相互支持的关系，它能够提供安全感、理解和接纳，同时也能够激发我们的潜能和创造力。

我们需要拥有爱的能力，以建立健康、稳固的亲密关系，并在其中实现个人的成长。

首先，拥有爱的能力意味着学会倾听和尊重。在亲密关系中，我们需要倾听彼此的需求和意见，以建立良好的沟通基础。尊重对方的独特性和个人空间，是培养爱的能力的重要一环。通过倾听和尊重，我们能够更好地理解对方，增进互信和亲密感。

其次，拥有爱的能力需要学会表达和分享。在亲密关系中，诚实和坦率是建立信任和理解的关键。我们需要学会表达自己的情感和需求，同时也要学会关心和支持对方。分享生活中的喜怒哀乐，共同面对挑战和困难，能够增进我们之间的情感联系，促进成长和发展。

此外，拥有爱的能力还需要学会宽容和包容。在亲密关系中，我们难免会遇到不同意见和冲突，宽容是化解矛盾和维系关系的关键。我们需要学会接受对方的不完美和缺点,以宽容和理解的态度面对彼此的差异。通过包容和宽容,我们能够建立更加稳固的关系,学会成长和改变。亲密关系是一个共同成长的过程,我们需要不断反思和调整自己的行为和态度,学会适应和应对变化,愿意接受挑战和改善自己。通过不断成长和改变,我们能够提升自己爱的能力,进一步巩固和加深我们的亲密关系。

在亲密关系中,拥有爱的能力对于个人的成长和幸福至关重要。通过倾听和尊重、表达和分享、宽容和包容、成长和改变,我们能够建立健康、稳固的亲密关系,并在其中实现个人的成长和进步。

谁不想过好一生，谁又真的过好了一生

我们这一生，能遇见灵魂伴侣的概率是非常小的。

不同的两个人，不仅要彼此融合对方的背景、三观、生活习惯，还要在一块儿过生活，一起干很多的事情。这个过程中，能够不吵架且愉快和开心，这一定是极其不易的。

遇见灵魂伴侣是所有人都向往和期待的，但能够实现愿望的人却少之又少。

2021年夏天的一个早晨，发小小婷打电话跟我说，她终于离婚了。

电话那头，小婷平静地说："文，你说得没错，当女人失去自我的时候，是婚姻悲剧的开始。"

18岁那年,小婷就确定了以后的结婚对象。同龄人还在读书,或者像我一样独自奋斗的时候,小婷就嫁给了她所以为的美好爱情。现在,她回望过去,忍不住泪淋淋号啕一场。

一个女孩最好的11年,小婷从单纯的少女变成了一个被时光打磨到没有自我、没有梦想、没有快乐的女人。

11年的时间,从女孩到人妻,再到人母,爱情从最初的甜蜜和美好,经过争吵、质疑、误会、家暴、出轨之后,最终变成了如今彼此相看两厌的地步。两人纠结拉扯了一番之后,还是和平分开了。

小婷在电话那头哭着说道:"我只是想要一个家而已,为什么这个小小的愿望都不能被满足?"

是呀,我们挣扎半生,不过就是想要满足一个小愿望而已,偏偏很多人难以得偿所愿。谁不想过好一生,但又有谁真的过好了一生?

张学友的情歌首首经典,我最喜欢的一首叫《她来听我的演唱会》。几分钟的旋律,唱尽了一个女人的一生,每个在爱情中迷惘的女孩,都能够在这首歌里看到自己最真实的心情,找到自己曾经的影子。

在微博上认识的琳子,24岁已经堕了两次胎,她说每一次都认真地去爱，但不知道为什么每一次都不得善终。一个男友有暴力倾向，一个男友好赌博，最长的一任谈了4年，却因为双方家长不同意而分手。

C妞从小家境殷实，以为嫁给了爱情，却被命运开了个玩笑，前夫在澳门被设计输光了家里所有的钱。一夜之间，这个本生活在城堡里的姑娘，忍住了委屈，扛起了责任，用两年的时间为前夫还了近千万的外债。这个看似柔弱的女子，用自己柔弱的肩膀承担起了责任，一个人熬过了无数个让人崩溃的瞬间。

露露说以前的自己很牛，她在微商行业打拼，最顶峰的时候，年收入过千万，之后去澳门豪赌，一夜之间回到了解放前。如今折腾不动了，被家人安排进了事业单位，每个月拿着5000多的工资，吃单位食堂，开着二手的迈腾上下班，每天听领导训话。

晓雨倒是赚了很多钱，一个人用两年的时间成立了自己的品牌，有着过20万的代理商，全国各地到处飞，住着别墅，开着兰博，喝着名酒，可谓人生赢家，但后院却失火了——她老公出轨了公司下属。只因彼此聚少离多，缺乏沟通。离婚那天，他们相互拥抱之后转身，结束了长达10年的婚姻。如今的晓雨，依然风风火火地做事业，看似丝毫没有被离婚所影响，却常常在深夜痛哭。

人生，冷暖自知。

"少年不识愁滋味,为赋新词强说愁。如今识尽愁滋味,却道天凉好个秋。"

过好人生也好,遇见灵魂伴侣也罢,都不是选择与什么样的人在一起,而是选择与什么样的自己在一起;

不是去选择做什么样的事,而是选择用什么样的事来认识自己;不是去选择什么样的风景,而是去看见在风景之中的自己是一个怎样的自己。

一切看似对外的选择一旦转向内,皆是对自己"成为什么样的人"的选择。愿你成为自己喜欢的人,而后遇见属于自己的灵魂伴侣。

人生须有抵岸的力量

"经历过婚姻的人比较会照顾人,因为在上一段婚姻里总结了经验。"这是我经常听到身边姑娘们说到的一句话。

我想这句话的真正核心并不是是否有过婚姻的经历,而是这个人是否看过世界,懂得责任与担当,在经历中是否有成长和懂得珍惜。

我听过不少故事,其中不乏年轻的姑娘爱上离异的男人,甚至很多姑娘执意找有过婚姻的男人,觉得他们无论财力还是阅历都有优势。姑且不说这做得对错与否,在我看来,不是所有经历过婚姻的人,都明白生命的意义,就像不是所有上了年纪的人都能懂得生活的意义。这取决于一个人是否能够在经历和体验当中去感悟和学习。

今年夏天，收到了朋友小君的信息——她离婚了。她的老公就是上述人口中的"离过婚的男人"，而且这个男人还有一个孩子。

我现在还记得小君带着她老公第一次跟我们见面时，脸上的幸福感和确认感，仿佛她获得了世界上最美好的幸福和最完美的感情。

虽然当初身边很多人都劝说小君，说他们不合适，连小君的家人也因为反对要跟她断绝关系，但小君还是义无反顾地嫁给了她以为的爱情。于是，即使没有梦想中的豪华婚礼，没有家人的祝福，小君还是嫁了。

小君是家里最小的姑娘，父母和兄长们对她很宠爱，所以养成了她较为自我的性格，从来不在乎别人的看法和观点，舒服就好是她的生活态度。

小君比我大两届，我们住在同一条街道，因而初中毕业以后开始彼此熟悉。我欣赏她的敢爱敢恨和特立独行。后来我们不在同一个城市，以前还会彼此分享对方的情绪，自从她4年前结婚以后，或许因为她婚后太忙，或许我们都很忙，联系变少了，最多在彼此的朋友圈里点赞。成年人的世界，并没有那么多得失，我们都在各自的世界里经历和成长。

聊天中得知，小君结婚一年后，生下了儿子，之后就做起了家庭主妇，在家带孩子。老公做生意诸事不顺，最困难的时候连孩子的奶粉都没有钱买。后来老公出事，成为阶下囚，债台高筑，小君只能独自带着孩子到另外一个城市生活。

我无法想象这些年她是如何度过的，也无法想象什么样的经历才能让一个那么要强，那么美好的女人沦为一个什么都不会、什么都不行的女人。

我想尽量给予她一些温暖和帮助，跟她聊了很多，言语中的她，很无奈，很痛苦，对生活充满了失望和纠结。我只是告诉她放下过往的执念，放过自己，告别过去，向前看，去迎接属于自己的美好余生。然后，给了她一个平台，让她跟着我，至少先找回自己的翅膀，然后才能更好地飞翔。

我并不觉得女孩子追求自己想要的幸福有错，也未曾觉得想要找个有过婚姻的男人不堪或者不对。爱与不爱，只有自己最清楚，生活是自己的，无关对错，无愧生命，无悔人生就好。

我想无论感情也好，婚姻也罢，除了爱与不爱，还有各自的三观，原生家庭的影响，彼此之间的包容和迁就，自省的态度也至关重要。

听过很多故事，很多女人进入婚姻之后，就放弃了自我成长。

当男人越来越优秀的时候,女人一边没有安全感,一边在以爱为名去束缚男人。这样做最终只会毁了两个人的美好。

愿你,无论单身还是已婚或者离异,都拥有自己的盔甲,不会因为受伤而怀疑感情,怀疑美好,永远年轻,永远心怀美好,永远热泪盈眶。

去相信和追求那些你认为值得的事情,但请不要忘记,保护你的翅膀,不要折断自己的羽翼,让自己保持失去一切后从头开始的勇气和能力。

无论生活如何,请不要忘记拥有让自己幸福的能力,让自己快乐的能力。

CHAPTER 06

前路浩浩荡荡,万事尽可期待

内心安定，人间值得

爱会以什么样的方式存在？是仪式感、时刻陪伴，还是无微不至的关心？不同的人有着不同的答案，无数情感，因人而异。我们对于爱的定义大相径庭，有太多情感都藏匿于表面之下，我们常常感知不到。

耳边总有一个声音告诉我们，我们被爱包围，从出生到离开，我们带着无数的爱与希望在生活。年长的人说："我们都在时光里学会了爱与被爱。爱是什么？爱和艺术是同一件事，它都是在重塑我们的灵魂，让我们看见自己。"

"爱，会因为时间空间而消亡吗？"这是多年前，我曾问过一个挚友的问题。他回答："不会，爱一直都在，不论时间空间，爱只会越发浓郁。会随着时间消亡、淡化的情感,不是真正的爱。"

一个人真正的离开,不是物理上的告别,而是被彻底遗忘。那些我们挚爱着的人,虽然在物理意义上离开了我们,但他们都会在我们的记忆里继续生活,只是换了一种方式陪伴我们。

多年后,在诸多经历与体验之中,我明白了,什么是真正的爱。

人有两次生命的诞生,一次是肉体出生,一次是灵魂觉醒。当你觉醒时,将不再寻找爱,而是成为爱、创造爱;当你觉醒时,才开始真实地、真正地活着!

懂得爱,成为爱的那一天,你将不再寻找爱、追求爱、渴望爱。幸福不是找到你爱的和爱你的,而是成为爱本身!

我们总是常说,要珍惜眼前人,把握当下。我们也知道生命的脆弱,但真正面对亲友离去的时候,内心依然有无数复杂的情感。

我是跟着爷爷、奶奶一起长大的,那时的奶奶总是经常碎碎念,而爷爷只是默默地听着,不反驳也不附和。看着他们的相处日常,会让我躁动的内心变得平静。时至今日,我依然觉得爷爷奶奶的爱情无比美好。有人在闹,有人在笑,爷爷奶奶之间的爱情是我见过最好的爱情。

十三年前,爷爷先走了。那时的记忆除了父亲的眼泪,就是奶奶平静而淡然地处理后事,平静地为爷爷整理妆容,在周围声泪俱下的哭泣声里，奶奶抚摸着爷爷的脸说："安心去，等我来。"

之后，奶奶一切如常，只是多了很多发呆的时间。那时的我还不懂，奶奶那短短六个字背后藏着的深情，更不能共情奶奶带着爷爷的爱和责任继续生活的复杂心境。

爷爷走了，带走了奶奶的思念，也带走了奶奶的碎碎念。从爷爷离开后，奶奶变得很安静。印象中，奶奶从不与除爷爷之外的人争吵，对我们更是温柔，对于我们的任何要求总是有求必应。奶奶看上去娇小，柔弱的她把最好的爱都给了我们。

孩子成年后陪伴长辈的时间总是很少。三年前，爷爷走后的第十年，奶奶也平静地离开了，她去兑现十年前对爷爷说的那句"安心去，等我来"的承诺了。奶奶在人世间最后的时光，牵挂着的孩子们都在身边，或许是因为临近生命终点，她的记忆出现了错乱，变得迷糊，前一秒刚做过的事情，下一秒还要再做一次，尤其是最后那几天，奶奶还会叫出一些我们都不曾听过的名字，说一些连爸妈和姑姑们都未曾听过的故事。那时才发现，原来我们对于奶奶的过去，都一无所知。

从有记忆开始，她就是"妈妈""奶奶""外婆"的形象，永远平静，也一直都安静而乐观，全身心照顾着家里的每一个人。对于奶奶的认识，是她的名字叫李光敏，生长在四川，有两个妹妹，十几岁经过介绍远嫁至贵州一个叫"苗山"的村子,除此之外所有的事儿,我们一无所知,也无从考证。

奶奶小时候如何长大?儿时喜欢的东西和游戏是什么?年少时又如何远嫁?这一生,她还有什么遗憾?她最骄傲的事是什么?后悔过吗?我们都无从得知。除了愧疚和抱歉,更多的是希望奶奶在另外一个世界能够自由自在地生活。希望奶奶在那个世界里,不要那么辛苦,勇敢而快乐地过只属于"李光敏"的生活。

当年走出家门的她,或许也未曾想到,直到告别这个世界,她都没有再回过那个位于四川的家。起初是因为交通闭塞,山路难行。后来要照顾一家子,爸爸、姑姑兄妹四个,还要兼顾田地和猪牛。等孩子们大了,她又开始照顾孙子孙女、外孙们。

奶奶这一生,都被冠以"涂氏之名",在"妈妈""奶奶""外婆"的身份下活着,这样地理所当然,甚至让我们所有人都忽略了去走进和了解她的过去和内心。我和奶奶甚至连一张单独的合照都没有。每次回家总是很多人、很多事,也很少表露情感,这也是我最大的心结和遗憾。那些对于奶奶无尽的歉意与悔恨,充斥在生活里,直到某天睡梦中,看见奶奶满脸笑意地说着"放下,永生"。那一刻我才终于释然,从愧疚的心转换为祝福和爱。

奶奶离开时对于我的牵挂与遗憾,我都知道。遗憾还未见我

183

成家立业。我是奶奶弥留之际，最大的牵挂与不舍。

突然想起爷爷曾说过的话，这段话是我一直以来的慰藉：

"孩子，你这一生可能会拥有很多东西：学业、金钱、成就、友情、爱情，还有遥远的理想……这一切都是建立在活着的基础上的。生命只有一次，绝对没有重来的机会。如果有一天，你对这个世界感到无助、绝望，请你记住，你永远是这个世上独一无二的存在，是父母心中的稀世珍宝。总有那么一些人，在你看不见的地方，他们偷偷地爱着你。

"孩子，如果快乐太难，那我只要你平安。与此同时，人心险恶，世间总有各种意外。当你遇到生命危险时，别逞强、别冲动，最重要的是想办法保住自己的生命。只有活着，才有希望；只有活着，才会有未来的一切美好。

"人间不值得，但你值得。好好爱自己，往后余生，愿你始终拥有一往无前的骄傲和勇气。一生平安，一生健康，一生顺遂。"

做一个随性的人，处事淡然，遇事坦然

年少时，我们不惧失败，总以为命运是随心而动，只要踏过荆棘，便是鲜花遍野。成年后，不如意之事，却有十之八九。

逐渐懂得：所谓成熟，莫过于习惯事与愿违。而生活的意义在于，历尽千帆过后的我们，归来仍是炙热的模样，并且在热烈之后学会了平静地生活。

影视作品可以让我们看见另外一种人生和生活。看过大鹏导演的电影的人都知道，一直以情怀和热血为主线的他，在故事情节、人物刻画及情感输出等方面，都做得很好。

电影《热烈》未播先火，源于人们对于这部影片阵容的期待。剧情、演员的演技不过多评论，大家有自己的认知和定义。这个

作品的呈现，每一个参与者都功不可没，而每一个人物的刻画，都将我们代入了角色的世界，看见了人生的另外一种可能。

影片剧情朴素写实，讲述的就是一个关于爱与陪伴、热爱与坚持的故事。里面有很多经典的台词，印象最为深刻的是——梦想就是：你相信它，它就相信你。

当听到"不可以，也是可以的"这句台词时，我的眼泪情不自禁地就掉下来了。而那一句"强者做选择，弱者被选择，希望我们都可以做选择"则道出了无数扎心的真相。

是呀，我们在一路披荆斩棘、坚持追梦的过程中，一定遇见过无数让人崩溃的瞬间。

生活中的我们无法避免路上的一地鸡毛：工作时遇到不公，本想反驳，但是为了生计选择忍耐；深夜回到家中，满心疲惫，却遭到伴侣的误解。事事如意常常被写在祝福里，那是因为生活里十之八九不如意才是常态。

一次一次的困境和经历让我们越来越坚强和独立，我们走过了前半生，看懂了是与非，逐渐褪去浮躁，学会淡然处事。

一个人真正成熟的标志，不是他赚了多少钱，有了多少成就，而是他能拥有一个好的心态，不会为了几句闲言碎语大动肝火，也不会对求而不得的东西执念过深。

道家说："心静则清，心清则明。"

抛却不必要的杂念，日子才能过得知足且安宁。人生如树，修剪掉多余的枝丫，才能愈发枝繁叶茂。

不声不响地生长，不疾不徐地前进，不刻意讨好谁，也不无故怨恨谁。保持心灵的简单和纯粹，对人对己，不苛刻，不强求。做一个心静如水的人，处事淡然，遇事坦然，是最好的生活态度。

余生，想开看开，自然放开。

心累，是因为我们内心的负担太重，放下纷扰，就是放过自己。这并不是让我们从此不思进取、得过且过，而是丢掉包袱，心无旁骛地向前。人这一生说长不长，说短不短，心里开阔的人，才能走得更高更远。很多事情，当我们想通了的时候，就不会再因眼下的不如人意而寝食难安。

我们的时间很贵，不要花费在无谓的执着上面，有些时候，坚持到底未必是胜利，适时放弃也未必是认输。与其不撞南墙不回头，不如在一条路走到黑之前华丽转身。不要被外界的声音绑架，多听听自己的内心，你下的每一个决心不一定都要正确，但一定要让自己舒服。如果一个人、一件事，总是让你难过，那么就放下执念，让自己活得更洒脱。很多东西，既然已经求而不得，何必再依依不舍，不要为了一颗星星，放弃整片天空。往后的日子，不困于心，不乱于情，不畏恶言，不惧冷眼。

余生，心怀感恩，知足常乐。

用怀疑的目光看世界，处处都是算计；用感恩的目光看世界，处处都是惊喜。随缘自在，随遇而安，如果事与愿违，请相信命运一定另有安排。可能你现在遇到了很多烦心事，有很大压力，但千万不要放弃，因为命运也许准备了更好的东西要给你。

真正幸福的人，恰恰是那些心思最简单的人。他们不会自己跟自己较劲，一味地钻牛角尖，而是会怀着一颗知足感恩的心，拥抱生活，乐观的心态便胜过万千财富。你今天受的苦，吃的亏，担的责，扛的罪，忍的痛，到最后都会变成光，照亮你前方的路。

每个人都难免会有想不通的时候，不必把自己逼得太紧，给自己一些走出来的时间，只管平静地做好眼下的事情，安静地努力，默默地成长。困境来临时，不要愤慨，也不要埋怨，无论好坏，全盘接收，然后，尽力而为，无愧于己便很好。

余生，珍惜遇见，笑对离别。

村上春树说："每个人都有属于自己的一片森林，也许我们从来不曾去过，但它一直在那里，总会在那里，迷失的人迷失了，相逢的人会再相逢。"

所有的相遇，都是久别重逢。你生命中遇见的每一个人，总会让你懂得一些什么东西，或是教会你爱与释怀，或是带给你教训和成长。

好好珍惜现在陪在你身边的每一个人，因为谁也不知道哪天就会渐行渐远。我们能做的，只是把现在的每一天都过得不留遗憾，多年后再回忆的时候，也不会因此而后悔、惋惜。

过去不可追，往事不可留。昨日的太阳晒不干今天的衣裳，很多时候，一转身，就是一辈子。在人生这条路上，能陪你走一段的人很多，但能陪你走到底的人太少太少。每个人都有不同的路要走，到了应当分别的那一天，不必纠缠，心怀感激，挥手道别就好。

在这个纷杂的世界里，总有太多的烦躁和不安。作家李梦霁说："生命不过是一场日趋圆满的体验，尽兴此生，输赢皆有意义。"人生在世，现实与所愿背道而驰是常态。若强求所失去的，那么只会陷入自我内耗中，而遗失命运所赠予我们的惊喜。

日日向上实属不易，但是峰回路转的确可求。心烦意乱的时候，不如把脚步停一停，让自己静一静，仔细观察身边的一点一滴，为那些最简单的幸福而感动。

余生，把心静下来。做一个心中有天地的人，宁可孤独，也不违心；宁可抱憾，也不将就！

我们的幸福感，其实源自我们要找到自己，解开一切生命的束缚，打开自己的心灵，依靠这个本身就很丰富、很美好的世界带给自己存在感，依靠自己丰富的感受和生活体验带给自己生命的意义。

人来到这个世上是来体验生命旅程的，得到什么、拥有什么，只是其中小小的游乐项目而已。四季的变化和轮回，太阳、月亮和星星，山川河流，森林草木，人类的智慧和艺术，自己的成长和更新，爱恨离别……这些才是真正的大游乐，大欢愉。

我别无所求，只想被光浸透

2020年的初春，我发现自己有很严重的抑郁症后，出现了一系列的应激反应：经常出现没有由来的疲倦感，没有任何情绪，会经常头晕，吃不下饭，晚上整夜睡不着，白天怎么也睡不醒。去过很多医院，检测报告都显示身体机能没有任何问题。

我还有一些很奇怪的应激反应，比如过马路的时候，如果有车正好开过来，身体就会僵住，站在马路中间怎么也动不了；在家一整天，不想出门，不想动，没有任何情绪，觉得什么都没意思，深夜又会觉得自己白白浪费了一天；和朋友聚会吃火锅，不小心失手打翻了一盘菜，会突然呆住，一动不动，把朋友们都吓了一跳。

直到看过心理医生后才知道，这些突然僵住的行为，原来都源于内心深埋的心理阴影。我们每个人其实都或多或少地有心理阴影。心理学认为：如果"哀伤""恐惧"等负面情绪没有被及时处理，那么阴影就会产生，并在潜移默化中影响我们的人生。

它是如此常见，以至于我们许多人，都带着心理阴影生活却浑然不觉。

在我生病的那段时间，我遇见了瑶瑶，她也有类似的身体应激反应，甚至她的反应比我更加激烈。后来瑶瑶跟我讲述了她的故事。

瑶瑶说："听到声音僵住的时候，是继父酒后，打骂我和妈妈；过马路时，妈妈无视红绿灯拽着我横冲直撞，我害怕，不想走，就会被妈妈又打又骂；在家里，打翻东西，摔碎碗碟，不管是不是我的错，妈妈必定第一个对着我骂。"

僵硬的躯体仿佛在告诉瑶瑶：你等着，你马上就会被骂。直到现在，哪怕瑶瑶知道自己已经长大，可以自己过马路了，打翻东西也没关系，但是刻在心里的阴影，却一直伴随着她。

心理阴影对人的影响有多大？你可能内心过于敏感，习惯性地自我责怪；也许觉得自己不受欢迎，不擅长社交；或者害怕与他人起争执，不敢去争取；抑或渴望爱，又不知道如何去爱……这些情况看似不起眼，却会在冥冥中影响你的一生。

芍药是我认识了多年的朋友，她很怕黑，会在家里的各个角落摆满灯，晚上睡觉也要开着灯，不开灯就睡不着觉。我特别理解她的感觉，我跟她一样，不能在没有窗户的密闭空间里待着，外出住酒店，房间必须要有窗户，如果没有，我会感到窒息。

芍药之所以这么怕黑，源于她童年的经历。小时候的芍药有一次因为调皮捣蛋，被妈妈关进了一个小房间里，那里没有窗户，也没有任何光源，是一个封闭的空间。芍药虽然很害怕，但她知道这是妈妈在惩罚她，所以她不敢反抗，只能默默忍受。黑暗的房间，变成了她难以磨灭的心理阴影，连带被惩罚的羞耻感，成为记忆里最深的烙印。

在和我沟通的过程中，芍药才发现，心理阴影对她的负面影响远远不止怕黑这么简单。被关"小黑屋"的经历，让她对别人的否定特别敏感，一有人批评她或者对她提建议，都会让她联想到被妈妈惩罚的羞耻感，变得恼羞成怒、暴跳如雷。因为这个原因，她总是和恋人争吵，工作也不顺，甚至得罪了顶头上司……

突然的情绪爆炸：愤怒暴躁、不安、焦虑、无助、自卑等；陷入自我攻击：我不行、我不好、我不配、都是我的错等；内心敏感脆弱：常常触景生情、害怕出错、不自信、战战兢兢等。

你或许像这个女孩一样，背负着阴影而不自知，导致自己"卡"

在一系列的创伤模式中无法前进,但只要找到心理阴影,你也可以自我疗愈、迈向新生。

其实,每个人生来都有自我疗愈的本能和渴望,关键在于,你是否能"察觉"它,"激活"它。通过专业的心理学知识,学会自我觉察,从思维上修正错误认知,并从行动上一步步强化,把内在的疗愈本能重新激活。

就像芍药,她了解了自己恐惧黑暗的源头之后,自我疗愈的旅程就开始了。一段时间后,她的症状已经逐渐缓和,虽然还是怕黑,但是慢慢可以接受关着灯睡觉了。芍药还学着平和地面对一些事,跟恋人和上司的关系也缓和了不少。所以说,是沉溺于阴影,还是将阴影当作成长的契机,选择权一直都在我们自己手上。

每一份经历对于我们而言,都可以成为成长的契机,愿你我都在岁月里沉淀,在时光中成长,在经历里变得美好。

过好今天,用心感受,认真努力,好好生活。别想太多,用心对待当下,你想要的就会有答案,走着走着就会有温柔的着落。

允许生活不止一种模式，喜欢便是最好

每一个行为背后都有原因，每一句关心的话语背后也是不同的爱和不一样的价值观。无论哪一种说法，都可以被接受和理解，但可以选择不盲从。

很多人一定有过这样的经历：许久不联系的朋友突然之间联系了，叫不上名字的同学突然发来问候了，认不清脸和对不上号的亲戚突然关心你有没有对象，结婚了吗，生二胎了吗，买房了吗……

我也一样，每次回家，除了来自同学发小的关心，也免不了遭受亲戚们的问候。

尤其 2020 年因为特殊原因，我从北京回到贵州重新开始创

业，经常被大家谈论，问最多的就是男朋友一起吗，一个人多辛苦呀。这些问候的背后除了关心和爱，还有一句潜台词——一个适婚年纪的女孩子，无论工作成败与否，背后都应该有个男人。

周围对于女性的各种声音和评价，让我们一直都在一个困局里。我们一边看着营销号呼吁女性如何独立、如何平衡，抨击为爱放弃梦想、事业；一边又渴望和羡慕着那些跳出传统思维和常规、活出自我的女性。

我们一边害怕失去自我、丢失梦想、活成复制品甚至赠品，一边又在内心怀疑甚至不屑于那些通过自己能力和努力活得美好的人。

在外面的这些年，每当聊起原生家庭、成长环境时，大都会被他人夸奖"你们贵州的女孩真厉害"。我总会回答："那是因为我们云贵川渝的女孩子从小就知道，我们不能依靠任何人，只有靠自己。我们大部分女孩子，都想要证明，不是只有男孩能够给父母安全感。我们也不想要单纯靠嫁人来养活自己，所以我们比那些拥有良好成长环境的女孩要更努力，付出更多，也更独立。"

从小，我们都想成为一个内心强大的人。因为，在大人的教导和期望中，不爱哭、坚强勇敢是对一个乖孩子的赞美。更何况，"内心强大"几乎是衡量一个现代人是否优秀的重要标准。

可是，世事不能皆如你我所愿，刚刚步入社会的我们，总会被各种琐事打击，甚至生活中的一些小烦恼，都可能会击碎我们的内心。

在通勤的地铁上，干净的白鞋被人踩了一脚，就失去了一天的好心情；下班刚好赶上暴雨，没有带伞，没人送伞，委屈就立马涌上了心头；租的房子漏水了、停电了，更会生出身世苍凉、漂泊无依之感；工作出错，被上司骂了几句，就开始否定自我价值。

但凡一遇到不顺心的事情，总觉得自己被这个世界抛弃了。看着别人光鲜亮丽的朋友圈，周围积极向上的同学、同事，好像每个人都过得好，只有自己一个人丧。

殊不知，在你看不见的背后，生活其实并没有放过谁。光鲜亮丽的上司，下班后为父母的医疗和房贷一筹莫展；到处玩耍晒图的前同事，一直没有找到工作，只能暂时逃避，寻找诗和远方；高薪又正能量的同学，原来已经熬夜加班几个月，发际线上移了不知道多少……

不必羡慕别人，每个人都有自己的烦恼，即使表面看起来过得很好，背后也都隐藏着许多不为人知的苦楚。

内心强大，不是无所畏惧。很多人以为内心强大的人，从不害怕明天和未来。其实不然，每个人都会害怕。不管多么光鲜与强大的人，都会有脆弱的时刻和忐忑不安的心态。

不同的是，脆弱的人容易沉溺于悲痛的泥沼里，自怜自艾。而那些内心强大的人，可以接受情绪，却不会被情绪淹没，即使伤心、悲痛也不会沉沦。他们可以穿越情绪的迷雾，做出理性的选择。

1969年出生于美国华盛顿的谢丽尔·桑德伯格，任Facebook首席运营官，曾身居福布斯百强女性榜第五名，被《时代》杂志评为"全球最具影响力的人物"。然而，她曾坦言，其实自己并非每一步都那么勇敢："有时候我实在是太过沮丧，就忍不住委屈地哭出来，就算年纪变大，工作经验更加丰富，这种情况仍然会发生。"

由此可见，无论你多么强大，都会有无助徘徊的时候。所以，我们可以勇敢地承认自己的无助、软弱，也要努力去追求自己内心所向往的远方和美好。

我眼里的女性是类型各异的，是丰富多彩的，是美好幸福的，而不是只有一种标准的样子。

女性要有自主选择的权利。你可以选择强悍，但也要保有柔软的权利；你可以选择坚强，但也要保有脆弱的权利；你可以选择果断决绝，但也要保有偶尔情绪崩溃、敏感的权利。作为女性，我们不用为多愁善感而羞愧，为爱得用力而尴尬，为无法抑制同情心而沮丧，坦然接受女性的本我，自由地选择寻找自己，让自己幸福。

不要压抑我们的内心的感受，选择一种更能让我们感到自由、快乐的方式去体验只有一次的生命，去酣畅淋漓地活出自己。

成为自己是一条漫漫长路。约瑟夫·坎贝尔提出的"英雄之旅"认为每个人的心灵意识都是一个正走在路上的"英雄"，完成了这个旅程的人，会彻悟到这一点。比如王阳明在死之前指着自己的心说："此心光明，亦复何言？"

所有关于生命的哲学，都不只是哲理这么简单，它是活生生的现实。你会体验到，当真正发现自己、成为自己时，你会喜极而泣，会发现：原来这才是真正的自己。

回归主题，女性创业被无数次争议和讨论。我们有着太多这个时代赋予的优势和负担，也有太多定义和标签。最终我们要成为什么样的人，过什么样的生活，无法被任何人定义，因为人生的路只有我们自己亲自来走。

而对于我而言，幸福莫过于在经历和体验诸多之后真正找到自己、认识自己、了解自己，也更加了解这个世界。

我们这些看上去很傻、很执着的姑娘们，余生，愿我们无惧时光，活得坦坦荡荡。

什么样的女人最有魅力？既能赚钱养家，也能貌美如花。我们明白，想要的安全感，想去的远方，除了自己没人能给得了。

我们余生最好的状态，最高级的"炫富"，不是物质，而是我们都拥有四样"东西"。

第一，年龄无敌；第二，身材无敌；第三，经济独立；第四，身边有彼此。

不管当下你处境如何，别放弃，最好的还在路上，用心过好这只有一次的人生，用自己喜欢的方式。

如今最好，别说来日方长

  我们终会归于尘土，那些早一步离开这个世界的人们，也在用另一种方式存在于这个世界。比如，有人会永远记住他们经历过的事。以此故事，赠予离开这个世界的我最爱的爷爷、奶奶、王先生、佳欣，以及未曾谋面的你！

  和佳欣相识于年少，我们陪伴彼此度过了青春最美好的时光。佳欣陪伴我熬过失去王先生的至暗时光，也是将我从死亡边缘拉回人间的人，但我却没能将她留在这个世界。佳欣的生命永远停在了 38 岁，而我，也失去了生命中最好的闺密。

  我和佳欣其实是两个世界的人，她以结果为目标，决定的事情一定要完成，无论付出什么代价；而我随遇而安，最擅长放过自己，不想争也不想抢。如此不同的两个人，却是彼此最牵挂和信任的人。

也正是这份牵挂和信任，走到生命的尽头的她，从未向我表露出丝毫的不安，只因为不想让我为她担心。她知道，但凡我察觉到她有一丝轻生的念头，一定会放下一切飞到她身边然后狠狠给她一个耳光，再抱着她哭到天亮。是的，这是曾经发生过的情景。

大概身边亲密的朋友都知道，佳欣每个节日都会给我送祝福，是一句话就能让我泪流满面的女孩。虽然她离开了这个世界，但我理解，也懂得她的选择，我们都想在看过世界之后，用一种自己喜欢的方式告别这个世界，无牵无挂地去归于自己内心的选择。离开也是另一种方式的存在。

在佳欣刚刚离开这个世界的前几天，有很多人都在说，她什么都拥有，有什么想不开的。是呀，有什么想不开的？这是我们不了解别人时常做出的评价。我想这个世界最大的善意，莫过于未曾感同身受过时不轻易评价和质疑。

大概生活幸福、衣食无忧、生活在光明里的人不会理解，一次次鼓起勇气重拾希望受到伤害时的感受，比从未有过希望的人受到伤害时的感受更剧烈，那种落入深渊被曙光照亮后，又被推入深渊的痛苦，非常人能够体会。

年少时的佳欣，孤冷、骄傲，对任何事和人都不屑一顾。但了解她的人知道，这些都是她的保护色。这一切都源于佳欣从小就不曾体验过家的温暖和热闹，所以她害怕那些在她生命中出现又不声不响离开的人和事，因而选择一开始就关上心门，不让人走进，别人也就不会走出来。

对生活失去信心的人很难让人理解，因为人们总愿意活在自己认知的世界里，如同我们常说应该用别人对待自己的方式回馈别人，而事实是，只有用自己想要被对待的方式换位思考才能获得回馈。

我跟佳欣属于同一种人，有着同样的自卑和骄傲，都在用同样的方式保护自己，所以我们在12年前那个夏天遇见时，就成了彼此生命里那个不一样的存在。

作为佳欣生前最信任的闺密，我们对彼此的重要性不言而喻，但我最后并没有出席她的葬礼。在佳欣去世后的那两天，我依然平静而淡然地工作、生活，甚至我不似之前一个月那样熬夜、晚睡，反而比平时更规律地休息，因为早睡的深夜我都会在梦里与她相见。

我们太了解对方，如果是我当年先离开，她也会像我做的那样，把那些最美好的记忆留在心中。这似乎是多年前我们就有的默契，无论如何，总要有一个人活得潇洒、自由，才不辜负茫茫人海中我们遇见和相互陪伴的这些年。

真正的送别，不会如歌中所唱，没有长亭古道，没有夕阳满天。而是在一个再普通不过的清晨，有的人就留在了昨天。《少年派的奇幻漂流》中有一句很扎心的台词："我猜人生到头来就是不断放下，但永远最令人痛心的就是来不及好好道别。"

我们的生活里有多少这样的遗憾呢？

总以为来日方长，实际上早已和那个人见完了此生的最后一面；总不会去珍惜，却发现当真正的告别来临的时候，根本就是毫无预警。当你不断失去，送走某些人的时候，才会恍然发觉，原来自己从不曾和对方好好告别。

很多人在遗憾和悔恨中才学会了珍惜对方，才领悟了如何告别。王先生曾经跟我说："今生，你其实已经和很多人见完了最后一面，只是你不知道而已。"

这一生，有太多的失去，太多的猝不及防，太多的不由分说。

人很渺小，生命很脆弱。我们要做的就是，在渺小和脆弱之中，拥抱彼此，互相温暖，陪伴对方快乐，不留遗憾地过完这一生。

只有好好珍惜每个时间节点上的人和事，才不会在你翻阅这一生的时候发现，满篇写着遗憾和后悔。正如张嘉佳所说："如今最好，别说来日方长。"

只有用力地爱过，才能好好地去告别。所以，请用力去爱，活在当下，不留遗憾。

每一次的拥抱，请用力一点再用力一点；每一次的再见，请大声一点再大声一点；每一次的相聚，请珍惜一点再珍惜一点。

生命并没有我们想象的那么漫长，别把时间浪费在争吵、赌气、猜疑上。趁现在还来得及，去见你想见的人，去做你想做的事，去过你想要的生活，永远不要等到明天。

不要失望，生活是悲伤过后有朝阳

如果有一天你发现，当初那个说爱你一生一世的男人，他的温情不再属于你；当初说要守护你一辈子的人突然离开你，别遗憾，因为离开错的人才能遇见对的爱。

这些年遇见过很多人，听过很多故事，有幸福的，也有平淡的，还有不堪的，每个故事，每段人生，都让我有了深深的反思。

我跟燕姐在年少时遇见，那时的我还是一个对人生充满好奇，抱着非黑即白的是非观的中二少女。但燕姐那时已经经历过岁月的洗礼，气质优雅，知世故而不世故。在我十五六岁的青春里，燕姐是特别的，她让我看见世界的其他可能。2020年期间，燕姐在婚礼前夕给我发来了喜帖，她再婚了，婚期定在了情人节。看着燕姐婚礼邀请函上的美丽照片，由衷地为她感到开心和祝福。跟燕姐电话沟通时，她言语中透出的幸福感深深感染了我。

因为初中毕业之后我没有选择高中，而是选择了职高，正是在职高的那一年遇见燕姐。快30岁的燕姐，走进了校园，跟我们一群十五六岁的小女孩一起上学。燕姐身上既有少女的热情和对生活的好奇，也有成熟女性的魅力。那个阶段的我，真的太想成为她了，这也成了我们成为知己的开始。

之后我才了解燕姐从江浙回贵州读书的原因。年前她跟前夫离婚，告别了13年的青梅竹马。燕姐说，她放弃学业在工厂打工，供养前夫完成大学学业的时候，真的非常期待跟那个男人组成一个幸福美满的家庭。前夫大学4年，她在工厂打工，每天工作十几个小时，只为让前夫的大学生活体面舒适。那些年，燕姐从来没有给自己买过新衣服，没有为自己置办过东西，她全身心为了一个男人，为此放弃了自己的一切。

我永远无法忘记，燕姐平静地说出那段往事时，眼里闪着泪光又释然的表情。当时的我不懂，后来体验过各种生活，见过不同的人生之后，我明白了，那是一种找到自己，放过自己之后的坚定和幸运。

燕姐说，她亲眼看到前夫和一个年轻女孩手挽着手逛街，殷勤无比地拎包刷卡。女孩挑的都是平时她舍不得买的品牌货，他站在一旁，满脸的宠溺和幸福。俊男美女，举手投足之间有爱意在流动。

而她，反而是个路人甲，素面朝天，全身上下所有行头加起来都不超过200元，朴素到无地自容。前夫从没有为她一掷千金，从没有耐着性子陪她逛过街，从没有用那样的眼神看过她……也不能说从没有吧，不过那是在她还像那个女孩一样活色生香的时候。

那天，燕姐回去之后哭得撕心裂肺。哭过之后，她仿佛重生了，开始重新找回自己。燕姐跟前夫协议离婚后，自己到了新的城市开始了新的生活，重新进入校园读书。她说，她想找回那些年放弃的校园生活，三十而立的她，重新开始学习。拼搏3年后，燕姐有了自己喜欢的事业，吸引来了一个珍惜、爱她的人。

我曾经问过燕姐："你恨过前夫吗？"多年前，她说："不恨了，因为没有爱也没有恨，他对于我来说，教会了我之前怎么也学不会的情感课题，但我不感谢他，我只是心疼那些年的自己。"

是呀，对于那些伤害我们的人，放下那些爱恨情仇，其实是我们对自己的救赎。如果你现在还放不下，也没关系，时间会治愈一切。

燕姐的故事让我明白：在这漫长而美好的一生里，如果我们找到了想做的事，那么无论何时决定再次开始，都不算晚。

生活中听过也看过很多故事，很多女人，结婚前明明活得如一道绚丽的彩虹般熠熠生辉、五彩斑斓，结婚后却迅速沦为单色甚至无色的状态。这是因为婚姻会触发心理层面的"退行病"。

电视剧《一个女人的史诗》里的田苏菲就是一个强势又执着的女人。以"革命"为由，她逃离了更加强势火爆的母亲，却将母亲的特质内化于心。遇见让她怦然心动的欧阳萸，便义无反顾地投入追求。虽然她根本不是欧阳萸喜欢的类型，但那份飞蛾扑火般的不管不顾，任何一个失意落难的人而言，都无法拒绝。

要是没有田苏菲和那个温馨安逸的家，欧阳萸一定熬不过那个年代。田苏菲像母兽保护幼崽一样，挖空心思地照顾欧阳萸，为他遮风挡雨。但面对欧阳萸层出不穷的红颜知己与暧昧关系，田苏菲却无计可施，只好感慨地说，如果那个特殊年代重来一次，他又被贬到乡下，低人一等，只有她愿意要他，那该多好。

虽然他们的关系早已千疮百孔，好在还是能白头到老的。不过，现实却没有如此的"圆满"。田苏菲与欧阳萸的原型，正是原著作者严歌苓的父母。他们的关系以离婚告终，一个另娶了"真爱",一个伤心欲绝。

那些曲折、不对等、虐心的婚姻故事,总会有一个糟糕的内在关系模板。在田苏菲的原生家庭中,母亲强悍硬气,父亲温和软弱,在吵闹时吃亏忍让的都是父亲。而父亲早逝,母亲独力支撑家庭,性格更加雷厉风行。

让田苏菲一见钟情的欧阳荾,也有着和她父亲相似的温柔特质。通过这样的角色代入,她在潜意识中回到了父母的关系模式之中,肩负重任,要拼尽全力去拯救一个无力自救的男人。

田苏菲如母如姊,倾心付出,全方位、无死角地照料欧阳荾的生活,却无法与他产生精神层面的联结。而对于理想化的欧阳荾来说,这远远不够。于是,欧阳荾不断寻求别的情感慰藉。

最可怕的事,是你浴血奋战到筋疲力尽,却发现自己像《盗梦空间》里的人物,身处在第 N 重的梦境中,所做的事情都对现实毫无益处。现实中的他,和你梦境里预设的那个他,完全是不同的人。

这本来就是一个全盘皆输的死局。在"退行"+"强迫性重复"+"未完成情结"三位一体的游戏中,哪里容得下一个独立完整的"我"?所以,很多明媚动人的姑娘结了婚,就逐渐迷失于妻子、母亲的角色中,没有了自我,也就失去了对维系亲密关系而言最为有效的女性魅力。

最好的解药,是重归自我。伴侣是你的镜子,如果你不爱自己,那么镜子里反射出来的,必定不会是"我爱你"。满腹委屈地责怪他没良心是无济于事的,如果他情感丰富,也许会内疚一阵子。但内疚会导致隔离,接下来的戏码,十有八九是逃跑。

当然,爱自己并不一定意味着要全盘打翻现有的生活。你可以整个周末泡在厨房里,但前提是你自己爱好钻研厨艺,可以自得其乐;你可以每天花两个小时打理家务,但不是为了什么责任义务,而是你享受着把家里收拾得清爽、舒适的过程,以及那份成就感;你可以辞职当全职太太,但动机并非"为了他付出一切",而是你想要体验这样的生活方式,并且确定自己有足够的自我价值感;你可以把给他买衣服当成人生乐趣,但不要出于舍己为人的心态,而是在照顾好自己的前提下,把爱与美好分享给所爱的人。

与其全心全意为他付出最终却费力不讨好,不如先好好取悦自己。发掘、承认自己的真正渴望和需求,然后一一表达和满足。当然,也包括你的激情和欲望,那可是一个人的生命力所在。我坚信,没有人会讨厌一个能够真正享受生命的女人。

当你开始把注意力放回自己身上,就能更敏感地觉察到旧有模式的重现：你对另一半说话的语气，是不是有点像你妈妈和你爸爸交流时的状态？你对亲密关系的认知，与你的父母有多大的相似度？你对伴侣的评价，是否受到了原生家庭的影响？

修复内在创伤，有两个境界。低端的修复，就是一次又一次地重演剧情，期待着救赎，以为"真命天子"的到来可以疗愈一切问题。高端的修复，则是离开那个舞台，按照你的心意，重新构建亲密关系。

很多女人在遇到婚姻危机之前，都会有很长一段时间停滞在过去的感情认知中，认为既然结了婚，丈夫就理所当然地完全属于自己，因此无须花时间去互动沟通。而在出了问题之后，又会觉得毫无预兆，深受打击。

回溯这样的爱情故事会发现，在双方的互动中，惯性的成分远多于爱，激情与亲密早已消磨殆尽，只有一个冷冰冰的承诺尚在苟延残喘。

物质上，改掉勤俭节约的"坏习惯"，认认真真地花钱宠爱自己，这不是败家浪费，而是借用金钱的能量，表达对自己的尊重与爱惜。当你能更坦然地享受物质，不再停留于匮乏和怨气中，内心也会随之更加丰盛、踏实。把自己当成一项重要的投资，穿衣、打扮、化妆、健身。

心灵上，修炼情商，对自己温柔体贴，共情自己的感受和需要，在爱自己、不委屈和压抑自己的前提下，学习更有智慧的沟通方式——尊重双方的个人边界，适时表达对他的需要、重视与欣赏，让他从关系中获得足够的自我价值感和自我满足感。

一定有人觉得委屈，为什么感情出问题，要做出改变的总是女人？如果我努力付出，他坐享其成，那不是亏大了吗？

其实，核心问题并不在于谁赚谁赔，而在于你是否真的在乎这个人，是否愿意花心思去经营亲密关系，是否愿意在关系中成长。或者说，你是否愿意走出"爱无能"的紧绷状态，敞开心，活出你生命的多样性来。

人生路漫漫，我们或许都曾经执念过那些不属于自己的过往和已经远去的最熟悉的陌生人。我们或许都犯过错，爱过一些不属于自己的人，也会错过一些原本属于自己的人，遗失一些原本属于自己的幸福。但过去，已然不再重要，把握当下，活出美好，才是我们应该做的事情。

你吃过的苦、走过的路,点燃了你的整个生命

我们来到这个世界,都有各自独特的使命和幸运。可爱的木子,谢谢你,不远万里,跨越山海而来,成为彼此的家人。

6月的盛夏,我跟木子初见时,未曾设想,会成为陪伴彼此的特别的存在。第二次见面时,聊及彼此的经历与体验,永远无法忘记木子的话:"这个世界只有我自己,我是没有父母家人陪伴和心疼的人。"看着她泪眼婆娑,眼眶里的泪水悄无声息滑落的瞬间,我就下定决心要以家人之名好好守护她、陪伴她、保护她,不会再让她一个人。

木子外表娇小可爱,让人靠近就想保护,而在她看似弱小的身躯里却有着强大的灵魂。在她身上,我照见过自己,遇见过相

似的灵魂，也对她产生了无尽的怜爱与心疼。她一如当初的我，如今我对她的所有心疼与保护，仿佛都是对曾经那个自己的回馈与爱。

幼时成长于新加坡的木子，也是被父母和家人偏爱和守护的公主，生长环境习得的那份温暖与坚定，成为她往后面对生活和感情善良与乐观的原动力。

之后那段10年的感情经历，让木子于城堡之内走向现实。当遭遇最亲近的人背叛与欺骗之后，她消沉过、迷茫过、无助过，甚至想过放弃生命。再之后的木子，绝处逢生，成了更好的自己。

木子拥有心理学和经济学的双博士学位，如今用专业的心理学知识为处在困境中的人们提供帮助，救赎一个个来访者的同时，也在被他们治愈和温暖。

2023年7月，一部《消失的她》刷屏了朋友圈，故事的主人公木子的经历，也引发了无数女性的觉醒和思考。现实生活中的木子，有着跟《消失的她》里面的木子类似的感情经历，在忍痛告别了10年的感情之后，处于低谷期的木子，遇见了将她从情感的谷底推入人生深渊的男人。

在木子还未从上一段感情中走出来的时候，那个男人以温暖而舒适的伪装走近她，获取她的信任和依赖。当她全身心投入封闭式工作的时候，男人拿走了她所有的贵重物品，包括那些珍藏版的鞋子和限量款的包。当她轻描淡写地讲述那段经历的时候，无法想象，那时的木子该多么绝望和无助。幸运的是，如今的木子，重新找回了自己的力量，在自己的专业领域里闪闪发光，用自己的专业知识帮助了很多人走出迷茫和困境。

木子说，她很感谢所有带给她伤害的人，因为这些经历和痛苦都是为了帮助她更好地完成人生课题。

如今的木子，在经历诸多不幸后，淡然而坚定，也成为我的树洞和依靠。木子身上既有光鲜亮丽的灿烂，也有灯火阑珊的美好。她的柔美和淡泊，以及由内而外散发出来的那股韧性，让我敬畏又心疼。

生活里，你吃过的苦，走过的路，看过的书，欣赏过的风景，都会藏在你的骨子里，点燃你的整个生命。

如果我们得到了不该得到的，就一定会失去不该失去的。只有忍受别人不能忍受的，才能享受别人不能享受的！

愿有梦想、有情怀的人们，都不要着急，静下心来好好生活，关照好自己的心和身体，做好今天该做的就够了。也愿"木子们"，能够肆意生活，一心为爱自己而活，一生有情有趣有爱。

永远追求自由，并活得真实

女人，她们有思想，有灵魂，也有心灵。她们有野心，有天赋，也有美貌。何必只局限于将她们困于家庭和灶台？

你有没有经常被别人问及："为什么要一个人那么辛苦？"当身边的同龄人早就结婚生子，在家过着相夫教子的生活。身边大多有老公或者未来可能会成为老公的人挡风遮雨，不需要努力，衣食无忧，亲戚朋友会一边劝你，一边控诉你："为什么不好好利用自己的优势，趁自己还年轻，找个好人嫁了？"

无数女孩们都想活成自己喜欢的样子，不希望自己的妥协和将就换来有一天，会讨厌和憎恨依附别人、没有自我、一无是处的自己。但不是所有女孩的人生，都能够求仁得仁。

我们也大可不必用所谓过来人的身份，去告诫和规劝女孩们应该如何选择和生活。那些归于家庭的女孩们，不要轻易被外界声音定义。我们每个人来到世间，都有不一样的属性和使命，无论选择何种活法，都不需要拿着别人的地图找路，不需要过多在意别人的看法。

很多经济欠发达地区，尤其是在偏远山区，早婚早孕是常态。很多二十一二岁的年轻女孩们，在如花一般的年纪就选择了嫁人，不得不把自己的下半辈子全部押在男人身上，靠婚姻来摆脱生长环境。

但现实中，她们中的大多数女孩，一生都无法走出和摆脱生长环境带来的匮乏感和恐惧感。当女孩们开始意识到，真正承担起一个生命的重量，就是"人生怪兽"扑面而来的时候。于是，她们又不得不面对现实。于是，她们长夜痛哭，无力突围。

我们无法质疑一个年轻女孩，在不得不的人生里，选择了与我们不同的人生。因为我们从未经历过她的人生，有何资格去质疑和评价她？每一个来到世间的女孩子，都是来渡劫的。女孩们，能够自由地活着就已经非常不容易了。

老家有个妹妹，21岁就嫁了人，如今是3个孩子的母亲。她不仅经常看我的朋友圈，看完之后还会羡慕地跟我说："常常觉得人生无望，觉得自己像个活死人，想重新活一回。"妹妹还会眼巴巴地问我："你身边的那些女孩儿，究竟是如何选择自己想要的生活的？"

我总会回答她："其实我也羡慕你，你现在拥有3个孩子，而我现在想生，身体也不允许。每种人生都有它的意义，如果你想，你也可以。"

以前的我，喜欢用自己的标准去看待这个世界，去规劝别人。但经过这几年的成长之后，我开始真正理解，人生不止有一种活法，每个人都有他的属性和使命，都有不同的花期，没有必要按照自己的意愿去要求别人。

同时，女孩们，也别轻易去羡慕别人的人生，因为每种生活背后，都有它的代价。当你羡慕年薪几十万的同龄人时，也要看到在格子间里工作到天明的他们。

所以，无论当下的你怎么样，都不要过度在意外界的声音。压力、欲望可以有，只要在自己能够承受的范围之内。

婷姐是我学舞蹈时的同学，她是标准的女强人。婷姐说经常有人嘲讽她："那么辛苦干什么？一定是没有男人疼爱吧。"

婷姐每次都会微笑回答："我很爱自己，何况我只是不需要被不喜欢的男人疼爱，不像你，为了生活，必须迎合不喜欢的人。"

在大城市，从来不缺为自己努力的女孩们。那些在夜里加班的姑娘，那些长时间奔波于各个城市为梦想而努力的姑娘，尤其那些独立到让人心疼的姑娘，都让人心生爱意和敬意。

前些年，晴晴5岁大的孩子因为不小心误食了花生壳，卡住了，很可能有生命危险。这个孩子是晴晴跟先生努力了很久才拥有的，是整个家庭的希望。当全家人都手足无措的时候，只有晴晴，藏起担忧，理智、冷静地跟医生商量各种治疗方案，然后安慰着家人，照顾他们的情绪和处理所有的事情。孩子手术成功后，从手术室被推出来那一刻，晴晴晕倒了。

这个世界上，当然是小公主更讨人喜欢。可毕竟不是所有人都是小公主，有的人生来就是时代的脊梁，不分男女，这是命运赋予的使命。

那些独立的女性，她们只想做个女主角，不需要被谁拯救，有事找银行卡而不是找男人或者妇联，不太愿意给这个世界添麻烦。其实啊，很多女人的一生不就是这样：出身良好，衣食无忧，父母疼爱，期盼着此生有人怜爱。但看透那是镜花水月的人，愿意多吃一点苦，给自己留一点土壤，把自己的灵魂拎起来。因为她们知道，恃宠而不骄，这才是真正的好命。

即使经常会有人问："都市里铿锵的女孩子，难道就没有孤独寂寞的时候？"事实是：有的。因为我们是人，是人就会有七情六欲，有情绪，何况是女人。

我曾不止一次在演讲台上晕倒，不止一次一个人病倒在异乡，在陌生的城市、陌生的医院里一个人打点滴。刚到北京那会，因为热感冒发烧，一个人晕倒在出租屋里，还好被邻居发现，连夜送去了医院。

如果你问，后来怎么样了？酒吧烂醉？孤单控诉？觉得自己很可怜？

都没有，只是偶尔也会希望有个人可以依靠，只是希望而已。独自生活并且很努力的女孩们，越是这种时候，越会冷静而愉悦地处理好手边的事情，回到家静静地和自己待一会儿。越想放纵的时候越克制，第二天就会有好事发生。这是上天给好姑娘们的礼物。

你可以在家相夫教子，也可以在职场厮杀。一部分女孩的安全感，来自包里有卡，手机有电。我们笃定地面对真实处境，体验自己的人生。我们不会喝到烂醉，让护肤品在自己脸上侵蚀。我们不会哭到半夜，因为第二天又是新的一天。

告诉你一个秘密："只要你担心别人会怎么看你，别人就能奴役你；只有你再也不从自身之外寻求肯定，那你才能真正成为自己的主人。"

每个年龄段都有每个年龄段的压力，希望我们都能顶住生活的压力，好好生活。知道你最近很累，但是请你一定要坚持下去，千万不要太着急，学会调节好情绪慢慢来，你想要的岁月都会给。就算无人问津也好，技不如人也罢，千万别让烦恼和焦虑毁了你本就不多的热情和定力。

在这风华正茂的年纪我们一定要成为玫瑰吗？不呀，我们也可以是岁岁枯荣、生生不息的野草。定好目标给自己一点时间沉淀，努力成为更好的人。一起加油吧，男孩女孩们，一起成为更好的自己！

后记

生活抛出太多问题，我去路上寻求解答

　　生活需要仪式感，而用心去寻找的诗和远方，按照自己喜欢的方式过一生，成为自己喜欢的样子，就是对自己最好的宠爱。

　　每一年网上都会兴起很多热词，这些热点和热词源于生活，也源于当下的人们对生活的期许和仰望。诗和远方，近些年一直被大家热议和运用，朋友圈也经常有人会说到，要努力去寻找属于自己的诗和远方。

　　一个真正活出了自己的诗和远方的人，会做人生的主角，想要成为光照亮别人。一个女孩子一定要让自己成为无可替代的人，真正爱自己，活出自己喜欢的样子，成为自己。

　　关于生活，无论何时，都要相信信念的力量。对于我个人而

言，我的经历跟很多人都不太一样，很早就进入了社会这所最好的大学，2012年就开始创业，从一无所有到应有尽有，再到一无所有，自己经营过酒吧、餐饮店，做过销售，做过微商，带过团队，成立过新媒体公司，得到了太多在这个年纪与之不匹配的东西，也付出过很多这个年纪很难付出的。

相比创业初期的我，很多人说，如今的我比当年更显得年轻和柔和了，尤其是眼神。以前的自己，很迷茫，不知道未来的路在何方。而如今经历起伏、得失、成败之后，内心变得更加强大、淡定和坦然了。这是对我来说，最好的成长和收获。

人生或许就是这样，当你需要的时候，身边一定会出现一些人，她们会改变你的人生轨迹，震撼你的心灵。我瞒着家里人，放弃了别人所以为的稳定工作，重新走向创业之路，身后也有了一群伙伴信任跟随。

创业之后的我开始学习如何让自己由内而外地改变，从形象到心态，从管理能力到运营能力，这些能力让我的人生发生了非常大的跃迁。这些跃迁，对我来说，远比我获得物质生活的优越和事业的成功，更让我庆幸和骄傲。

以下这些问题，是关于本书分享的生活态度，对于人生选择和生活方式中的一些感悟和体验。

1. 对女性来说,什么最重要?

爱自己真的很重要。这些年,发现那些活得通透和快乐的女人们都有一个共性,就是她们都无比爱自己。从如何让自己快乐到关注自身健康,从遵从内心到完全不在意外界的声音,但凡真正爱自己的女人,都活得洒脱而自由。

2. 让人成长的是什么?时间吗?

让人成长的从来都不是时间,而是经历过命运的凌厉之后依然对生活和生命葆有最初的热情。

3. 关于人生,现在都在说模仿和拷贝,这样对吗?

人生大多事情都不能用对错来评判,只是看个人如何定义和理解。我们生活的这个世界有太多统一的审美、统一的认知、统一的标准去定义人生和成功。

我们不能要求所有人都跟我们一样,也要接受和允许我们跟这个世界的其他人不一样。

你或许很平凡、很普通,但你就是全世界独一无二的你呀。

4. 在你平时的生活中，你觉得生活最重要的是什么？

生活其实就是一场体验和创造的过程，我们最终都会离开这个世界，所以这只有一次的人生，请尽情地享受。

5. 什么是真正的爱自己？具体表现在哪些方面？

爱自己其实就是照顾好自己的身体和心灵，用心去生活。

不为了任何人和事内耗自己，在不影响别人的情况下，尽可能按照自己喜欢的方式生活。

6. 正能量是什么？

成为真正的自己，当我们活成自己喜欢的样子后，我们的存在本身就是富有感染力且美好。正能量，就是你自己活成了一束光，然后照亮他人。

正能量，并不是要每时每刻把鸡血的话放在嘴边或者朋友圈，而是当你活成一道光的时候，你的存在，一定会照亮他人，温暖时光。

7. 关于生活方式和态度？

对于生活方式和态度，每个人都有不一样的定义，个人觉得我们需要倾听自己内心真实的声音，发自内心地喜欢自己，成为自己。只有当一个人发自内心地喜欢自己的时候，这个人才可能爱上这个世界。

我的生活态度一直都是做自己喜欢的事情，按照让自己舒服的状态去生活。这或许是因为经历过大起大落和生死之后，更加明白了生命的意义。

8. 生活中是什么样的人？

有点自私吧，爱自己超过了所有人，不会因为任何人或者事委屈自己。尊重自己的情绪，有喜有悲，用心工作，有生活和事业，爱家人，有自己的情怀。专注活在自己世界，只活好每一个今天。

9. 什么因素对一个人有着很深的影响？

能力、资源、专业技能、智商都在影响人的一生，但最重要的是环境和心态。

环境就是你所处的圈子，心态是对自我的把控和掌握。一个人会受环境的影响而产生不同的心态和情绪，心态和情绪又可以改变环境带来的状态，两者之间相互影响。在自己所处的适合的环境当中，去爱自己所爱，行自己所行，快乐就好。

10. 什么才是最重要的？生活态度是怎么样的？

生活可以复杂，可以简单，全看我们拥有怎么样的心态。简单就是真实，淡然亦是平淡。没有虚伪，不戴面具，不去张扬真心、真情、真实。得也好，失也罢，荣也好，辱也罢，一切都会过去，在有限的生命里按照自己喜欢的方式，在不影响别人的情况下，肆意生活，在适合的环境当中去做适合的事情。

关于态度，我自风情万种，与世无争。在不干扰别人的情况下，不必在乎别人对你的看法。活出真我，活成自己。不问得失，以慈悲之心看世界，以慈悲之心对万物。时刻保持察觉情绪、看见真实自己的能力；时刻保持让自己快乐的能力。

11. 享受每一个今天

过去是回不去的，我们唯一能做的只有活好今天，珍惜今天。无论当下是好的还是坏的，都去享受那个过程，因为我们都无法让时间重来，所以当下才是最好的时候。

过去已经过去，而未来还没有到来，我们能把握珍惜的只有今天，每一个当下，决定着我们的未来。无论过去如何，过去的时光已经过去了，未来的事情不必思量。全心全意地去关注眼前人、身边事，还有我们内心那些瞬间的感动和心跳。

我们能够把握的只有当下，日常生活中处处是道场，活在当下就是在修行。当我们有了这样的认知，才会懂得珍惜每一分钟，每一个念头。活在当下，即是生命的全部。

12. 送一句对大家的祝福

愿看见这些文字的所有人，都能够看见自己，相信自己。你是你仅有一次的"人生"的"设计者"和"亲历者"，也是你人生的"引领者"。你是什么样的人，就会拥有什么样的人生。都好好爱自己，爱最终会循环到自己身上，现在所做的、所感受的就是一生中最重要的事；愿每一个你，用心享受今天，活在今天，活成自己喜欢的样子，成为光去温暖更多的人；愿每一个最好的你，遇见最美好的一切，做好今天该做的就够了。

图书在版编目（CIP）数据

做好今天该做的就够了 / 曦文著 . -- 武汉：长江文艺出版社，2024.5
ISBN 978-7-5702-3569-8

Ⅰ.①做… Ⅱ.①曦… Ⅲ.①散文集－中国－当代 Ⅳ.①I267

中国国家版本馆CIP数据核字（2024）第082612号

做好今天该做的就够了
ZUOHAO JINTIAN GAIZUODE JIU GOULE

曦文　著

选题产品策划生产机构	北京长江新世纪文化传媒有限公司
总　策　划	金丽红　黎　波
责任编辑	张　维
装帧设计	阿　鬼
特约编辑	刘小旋
内文制作	张景莹
策划编辑	韩成建
责任印制	张志杰　王会利
法律顾问	梁　飞
版权代理	何　红
媒体运营	刘　冲　刘　峥　洪振宇
总　发　行	北京长江新世纪文化传媒有限公司
电　　　话	010-58678881　传　真 010-58677346
地　　　址	北京市朝阳区曙光西里甲6号时间国际大厦A座1905室　邮　编 100028
出　　　版	长江出版传媒　长江文艺出版社
地　　　址	湖北省武汉市雄楚大街268号湖北出版文化城B座9-11楼　邮　编 430070
印　　　刷	天津盛辉印刷有限公司
开　　　本	880毫米×1230毫米　1/32
印　　　张	8
版　　　次	2024年5月第1版
印　　　次	2024年5月第1次印刷
字　　　数	150千字
定　　　价	48.60元

盗版必究（举报电话：010-58678881）
（图书如出现印装质量问题，请与选题产品策划生产机构联系调换）